光文社古典新訳文庫

オンディーヌ

ジロドゥ

二木麻里訳

kobunsha classics

光文社

Title : ONDINE
1939
Author : Jean Giraudoux

凡例

① 本書はJean Giraudoux : *ONDINE Pièce en trois actes, d'après le conte de Frédéric de La Motte-Fouqué*の全訳である。底本にはJean Giraudoux : *ONDINE Pièce en trois actes, d'après le conte de Frédéric de La Motte-Fouqué*, Editions Bernard Grasset, 1939をもちい、Jean Giraudoux : *Théâtre complet*, Bibliothèque de la Pléiade, Editions Gallimard, 1982, Jean Giraudoux : *Théâtre tome I-IV*, Editions Bernard Grasset, 1958-1959 ほかを参照した。

② 原典にみられるあきらかな誤記、不統一はあらためた。

③ 人物名や作品名などの固有名については、おもにドイツ語系の表記とフランス語系の表記が原典において混在している。これらの読みを、あえてどちらかの表記にそって統一することはしていない。また古典ギリシア・ローマ文化に属する固有名などは、特別な事情のないかぎり日本における読みの慣例にしたがっている。代表的な読みが複数にわたる場合は、戯曲という性格上、上演に際して耳で聞くときのわかりやすさを優先した。

④ 年譜や解説の文中における初演の日付はJean Giraudoux : *Œuvres romanesques complètes I*, Bibliothèque de la Pléiade, Éditions Gallimard, 1990, Jacques Body : *Jean*

ている。*Giraudoux, La légende et le secret*, Presses Universitaires de France, 1986 その他によっている。

⑤ 各国の先行訳には、第二幕で登場する詩人とベルトランを同一人物として扱っている例もみられる。ここでは原典にそって別人物とした。文中の言動やほかの人物との関係性からも、ベルトランはこの詩人よりも身分が高く、ハンスとおなじ騎士の階層に属すると考えるのが自然である。貴族であることは伯爵という文中の呼びかけからもあきらかである。

⑥ 第三幕で登場する二人の漁師は、第二場では名前がない。第四場では一人がウルリッヒという人物になっている。原典にはことわり書きがないが、話の流れから同一の漁師と判断できる。

⑦ 訳注は煩雑にならないよう留意し、できるだけ少なくとどめた。訳注に示された情報なしにこの作品を鑑賞することは充分に可能である。まずは本文を通読され、背景に関心をおもちになられたときに、一括して訳注をお読みいただければ幸いである。

目次

オンディーヌ　7

解説　二木麻里　240
年譜　304
訳者あとがき　312

オンディーヌ　全三幕

フーケ(1)のおとぎ話にちなんで

登場人物

オンディーヌ
騎士ハンス
水の精の王
ユージェニー
オーギュスト
ベルタ
ベルトラン
老人の頭部
川の精の頭部
男女の水の精たち
水の精の少年
侍従
王立劇場総監督

あざらしの曲芸師
詩人
ヴィーナス
小姓
貴婦人たち
騎士たち
ヴィオラント
王
王妃イゾルデ
随身たち
アルキュアン博士
サランボーを演じる歌手
マトーを演じる歌手
豚飼い
皿洗いの娘

グレーテ
召使いたち
第一の漁師
第二の漁師
第一の裁判官
第二の裁判官
裁判官たち
群衆
死刑執行人

第一幕

漁師小屋。外は雷雨。

第一場

［登場人物］年老いたオーギュスト　年老いたユージェニー

ついで、まぼろしたち（老人の頭部、川の精の頭部）

オーギュスト（窓辺で）こんなに暗くなったのにまだ外にいて、いったいどうしたんだ、あの子は。

ユージェニー　なにを心配してるんだい、あの子は夜でも目が見えるんだよ。
オーギュスト　こんな雷雨のなかを。
ユージェニー　あの子は雨でも濡《ぬ》れないじゃないか、忘れたのかい？
オーギュスト　こんどは歌っとる！　あれはあの子かね？　声ではどうもわからんが。
ユージェニー　ほかに誰がいるっていうんだい。どの家からだって八十キロは離れてるんだよ。
オーギュスト　歌声が湖のまんなかから聞こえたかと思うと、滝のうえからも聞こえてくる。
ユージェニー　湖のまんなかにいるのもあの子だし、滝のうえにいるのもあの子だよ。
オーギュスト　笑っとるのか！　おまえもあの子の年頃には、水かさの増えてる小川に飛びこんだりしたものかね？
ユージェニー　一度だけやってみたけど、足からひっぱり上げられたね。あの子が一日に千回くらいやってることはね、あたしが一度やって懲りたことばっかりさ。水の渦《うず》に飛びこむ、滝の水を鉢で受けてみる。ああ、なつかしいね、水のうえを歩こうとしたこともあったね。

オーギュスト　ユージェニー、わしらはちょっと、あの子に対して甘すぎんか。十五の娘が、こんな時間に森を走りまわるもんじゃなかろう！　厳しく言わんといかん。岩場のてっぺんで繕《つくろ》い物をすることはなかろうし、お祈りを唱えるのに、水に頭をつっこむことはなかろう。もしおまえがそんなふうに育てられていたら、わしらはいまどうなっていただろうかね。
ユージェニー　あの子が家のことを手伝っていないと思うのかい？
オーギュスト　それについても、まあ言いたいことはいろいろある。
ユージェニー　また忘れたふり？　あの子がお皿を洗わないかい？　靴をみがかないかい？
オーギュスト　だからそこだ。どうもさっぱりわからん。
ユージェニー　このお皿、ぴかぴかじゃないの。
オーギュスト　そういうことじゃない。わしが言いたいのは、あの子が皿を洗っているところも、靴をみがいているところも、見たためしがないということだ。おまえだって、なかろうが。
ユージェニー　あの子は外で仕事をすませるのが好きなんだよ。

オーギュスト　まあそうとしよう。だがなあ、お皿が三枚だろうが一ダースだろうが、靴が片方だろうが三足だろうが、かかる時間は変わらん。ものの一分で戻ってくる。ふきんも使わん、靴墨もいらん。なのにすっかりきれいで、すっかりぴかぴかだ。この金の皿はどうしてここにあるのか、おまえ、はっきり聞いたかね？だいたいあの子の手が汚れとるのを見たためしがない。それで、あれが今日なにをしでかしたか、知っとるか？

ユージェニー　この十五年、あの子が予測のつくことをやったためしがありますかね。

オーギュスト　いけすの柵を上げおった。春から追いこんでおいた鱒《ます》が全部逃げとる。今日の晩飯のぶんをつかまえるのがやっとだった。（窓がばたんとひらく）今度はなんだ！

ユージェニー　見ればわかるだろう、風だよ。

オーギュスト　あれのしわざだ。またおふざけをするのでなければいいが。荒れ模様の晩にかぎって、窓からなにかの首をのぞかせたりする。年寄りのなま白い首なんか、こっちの背中が凍りつくわい。

ユージェニー　真珠の首飾りをつけた女の首なんかは、あたしは好きだけどね。とにかく、こわいんだったら窓を閉めな。

一条の閃光。窓のそとに、冠を戴いた老人の頭部があらわれる。

あごひげは濡れそぼっている。

老人の頭部 もう遅い、オーギュスト！

オーギュスト 遅いかどうかすぐわかる、オンディーヌ！

オーギュスト、窓を閉める。

しかし窓はふたたび、ひとりでに、ばたんとひらいてしまう。

川の精の女の頭部が、閃光に照らされて浮かびあがる。魅力的な顔。

川の精の頭部 ユージェニーさん、こんばんは！

女の頭部、消える。

ユージェニー オンディーヌ、お父さんが怒ってるよ。帰っておいで！

オーギュスト　帰ってこんか、オンディーヌ。いまから三つ数える。三つ数えるうちに言うことをきかないと、扉に閂《かんぬき》をかけるぞ。外で寝ることになるぞ。

雷が落ちる。

ユージェニー　冗談だろう。

オーギュスト　冗談かどうか、見ていろ……。オンディーヌ、一つ！

雷が落ちる。

ユージェニー　いやだよ、あんたの言葉につづいて雷が落ちたじゃないか。

オーギュスト　知ったことか！

ユージェニー　また落ちるまえに、さっさとしな。あんただって三つくらい数えられるのは誰だってわかるよ。

オーギュスト　オンディーヌ、二つ！

雷が落ちる。

ユージェニー　あんたってひとはもう。

オーギュスト　オンディーヌ、三つ！

なにも起きない。

ユージェニー　（雷が落ちるのを待ちかまえつつ）さあ終わり、終わり。そんなにむきになって、オーギュスト。

オーギュスト　こっちのすることは、これで終わり！（閂をかける）さあ。あとは平和に晩飯だ。

扉がばーんと、いっぱいにひらく。

オーギュスト、ユージェニー、その大音響にふりかえる。

甲冑《かっちゅう》に身をかためた騎士が戸口に立っている。

第二場

ハンス　オーギュスト　ユージェニー

ハンス　（靴のかかとを打ち合わせて）騎士ハンス・フォン・ヴィッテンシュタイン・トゥー・ヴィッテンシュタインです。

オーギュスト　オーギュストともうします。

ハンス　失礼して、馬をおたくの納屋に入れさせていただいた。馬に騎乗するから騎士、というくらいで、馬は騎士には大切なものだから。

オーギュスト　お馬のお手入れをしてまいりましょう。

ハンス　いや、すませました。ありがとう。いつも自分でなでて手入れしてやるんです、アルデンヌ地方(2)のスタイルでね。このあたりではシュヴァーベン風になでるでしょう。たてがみを逆だてる。あれだと、つやがなくなるんですよ。葦毛《あしげ》の馬にはとくによくない。座ってもいいですか？
オーギュスト　どうぞどうぞ、おくつろぎください。
ハンス　ひどい雨ですね。昼からずっと、うなじに水が入りつづけていました。かぶとのへりを伝ってまた落ち、からだの血まで流れ落ちそうです。もうさんざん……。ぼくたちのようによろいをつけてる人間、つまり騎士にとって、なにが困るって、なにより雨ですよ。雨、それからノミ。
オーギュスト　よかったら、どうぞよろいをお取りください、だんなさま。今夜お泊りくださるのでしたら。
ハンス　オーギュストさん、ザリガニが殻をぬぐのを見たことがありますか。そのくらい大変なんですよ。まずはひと休み。お名前、オーギュストさんでしたね？
オーギュスト　はい、これはかみさんのユージェニーです。
ユージェニー　おそれいります。あちこち旅していらした騎士さまには、おもしろみのない名前でございましょう。
ハンス　遍歴の騎士にとってのおもしろみがなにかって、おかみさん、想像もつかないでしょう。それは、ファラモンとかオズモンドとかの森をひと月もむだにさまよったあげく、ぴったり晩ごはんどきにオーギュストとユージェニーの家に行きあたることです。

ユージェニー　あのう、だんなさま。お客さまにこんなことをお尋ねするのは失礼かと思うんでございますけど、でもたぶんおゆるしいただけるかと思うんですけど、あのう、お腹《なか》、おすきですか？

ハンス　すいてます。すごくすいてます。ぜひ夕飯をごいっしょしたいです。

ユージェニー　わたしたちはいただかないんですけど、だんなさま、鱒が一匹ございますから、もしよろしければ。

ハンス　もちろん。鱒は大好きです。

ユージェニー　揚げましょうか、焼きましょうか。

ハンス　ぼくの好みですか？　ブイヨンで茹《ゆ》でてくれませんか。

オーギュストとユージェニー、ぎょっとした様子。

ユージェニー　茹でる？　あの、ムニエルにして白バターを添えるんでしたら、とてもおいしくできますけれど。

ハンス　ぼくの意見をお尋ねでしょう？　鱒といえば、茹で上げ[3]にかぎります。

オーギュスト　グラタンじたてなんかも、かみさんはそりゃ得意ですが。

ハンス　いいですか、茹でるといえば、生きたままブイヨンの熱いスープに放りこむことでしょう。

オーギュスト　おっしゃるとおりで、だんなさま。

ハンス　そうすると、風味もそのまま、色合いもそのまま。なぜって熱いお湯に魚がびっくりぎょうてんするから。

オーギュスト　びっくりぎょうてん、がコツでしょうなあ。

ハンス　というわけで、疑問の余地なし。茹でてほしいですね。

オーギュスト　さあ、ユージェニー、茹でてさしあげな。

ユージェニー　（扉のところで）ハーブを詰めて焼くファルシじたても、ほんとにおいしいんですけどねえ。

オーギュスト　さあ、さあ。

ユージェニー、台所に行く。騎士、座ってくつろぐ。

ハンス このへんでは、修業中の騎士は好かれているようですね。

オーギュスト 軍勢を見るよりいいですね。旅の騎士さまがいらっしゃるということは、戦《いくさ》が終わったしるしですから。

ハンス ぼくは戦が大好きなんです。べつに性格が悪いわけじゃない、ひとに悪さをしたいわけでもありません。でも、戦争が好きなんですよ。

オーギュスト ひとそれぞれですから。

ハンス ぼくは話が好きなんです。うまれついての話し好きですね。戦に出れば四六時中、誰かしら話し相手がいるでしょう。仲間の機嫌が悪ければ、捕虜や神父と話せばいい、いちばんよくしゃべりますからね。敵の負傷兵もいいですよ。みんな自分のことを話してくれます。それがいったん騎士として修業に出ると、あとはそれこそ、こだまだけ。この森を抜けようとして必死だったこのひと月、ひとことも言葉を交わした相手がないんです。ひとっこひとり見ませんでした。どれだけ話をしたかったか。

オーギュスト 旅の騎士のかたがたは、けものたちの言葉が聞きとれるそうですが。

ハンス （かすかに口ごもる）意味はすこしちがうかもしれませんが、たしかに話しかけてはきます。騎士にとってはそれぞれの動物が象徴なんです。吠《ほ》えている声や呼び声は象徴的な文として、魂に炎で刻まれる文字になる。だから、けものは話しかけてくるというより、魂に書きこんでくるんです。でもそんなに多くの言葉はありません。ひとつの動物は、ひとつのことしか話しませんからね。離れたところから、それもときどきひどい発音でものを言ってきます。鹿であれば純粋さを尊べとか、イノシシなら、この世の幸せに重きをおくなとか……。話しかけてくるのは、いつも雄の長老ですね。うしろにはまだちいさい、ほんとにかわいい子どもたちがいます。年ごろの雌イノシシもいます。でも説教をしてくるのは、もう七歳くらいにはなっている牡鹿や、群れを離れた老イノシシです。

オーギュスト 鳥たちもおりましょう?

ハンス 鳥は話しかけてもこたえてこないんです。まったく、がっかりしますよ。ぼくら騎士にむかっては、えんえんとおなじことを唱えるだけ。嘘をつくのは罪だ、それだけです。興味をひこうとぼくも努力はしたんです。調子はどうだい、とか、今年の羽の抜け代わりはどう、とか、卵を産むのはうまくいってるかい、とか。卵をあっためるのもたいへんだね、とか。ぜんぶむだ。返事をしようとはしませんね。

オーギュスト でもヒバリは違いますでしょう?……あれはないしょ話が好きなはずですが。

ハンス よろいの喉《のど》当てをしていると、ヒバリとは話ができないんです。

オーギュスト そうしますと、いったい誰のために、こんなところまでおいでになられたんで? 無事に生きて戻れるかたもめったにないような場所なんですが。

ハンス 誰のために。それは、ある女性のためです!

オーギュスト お尋ねせんでおきます。

ハンス あっと、お尋ねしてほしいですね、ぜひ。もう三十日もあのひとの話をしていないんです。このチャンスはのがせない。やっと、この話ができる相手に二人も会えました。尋ねてください! 名前も聞いてください、さあ。

オーギュスト だんなさま……。

ハンス 心底知りたいでしょう、どうぞどうぞ。

オーギュスト お名前は。

ハンス お名前はベルタです、漁師さん。きれいな名前でしょう。

オーギュスト　率直にもうしまして、すばらしいですな。

ハンス　世の女といえば、アンジェリック、ディアーヌ、ヴィオラント！　犬も歩けばアンジェリック、ディアーヌ、ヴィオラント。でもベルタという名前はどっしりとして、しかもわきたつようで、感動的。ふさわしいのはあのひとだけです。それで、もちろん知りたいでしょう、ユージェニーさん、美人かどうか！

ユージェニー　（入ってくる）美人といいますと？

オーギュスト　ベルタさんだよ、ベルタ姫さまだよ、おまえ。

ユージェニー　ああ、わかりました。おきれいなんですか？

ハンス　ユージェニー、王さまはぼくに、ご自身の乗馬を買いつけてくるようにとおっしゃるんです。つまりぼくは馬については、伯楽《はくらく》にも負けないくらいの目利きなんです。女性についても目利きだと思ってくださいよ。どんな瑕《きず》もまず見のがしませんね。アンジェリックの場合、右の親指の爪にみぞがあるのが玉に瑕。ヴィオラントも瞳のなかに、砂金のような金色のかけらがあります。でもベルタなら、なにもかも完璧。

ユージェニー　それはなによりでございます。

オーギュスト　瞳に砂金。いいですなあ。
ユージェニー　あんた、なにまぜかえしてるんだよ。
ハンス　砂金ねえ。ご主人、それはどうかな。一日、二日なら楽しいでしょうね。月の光に照らされてヴィオラントの顔をのぞきこむ、松明《たいまつ》のかたわらでキスをする……でも三日目にはきっといらいらしますよ、女房の目に入った虫のほうがましだって。
オーギュスト　どんなですかね、砂金。雲母《うんも》の粒みたいですかね？
ユージェニー　うるさいね、砂金、砂金って。騎士さまのお話を聞くんだよ。
ハンス　そうですよ。どうしてそうヴィオラントのかけらをひいきするんです？　ヴィオラントときたら、狩りにくるときは白い雌馬に冠をかぶせてくるんですよ。それはかわいいでしょう、冠をかぶった白い馬。とくに、傷口に石灰をまぶしてかくしたようなのはね。ヴィオラントね……王妃さまの燭台《しょくだい》を運べば、滑ってころんで敷石のうえにのびてしまう。お年を召した公爵にエスコートされて笑い話を聞かせてもらっても、なぜか泣き出す。
オーギュスト　ヴィオラントが？　泣くんですか？

ハンス　なにを考えているか、おみとおしですよ。知りたいんでしょう、泣いたら瞳の砂金がどうなるか。

ユージェニー　ずばりですよ、だんなさま。このひとときたら、もう、お月さまみたいにしつこくついてくるんですから。

ハンス　きっとベルタを見るまで考えつづけますよ。ぼくとベルタの結婚式にきてくださいよ、お二人とも。お招きします。この森から生きて帰ったら結婚する約束なんです。ぼくが戻れたら、お二人のおかげ。ヴィオラントにも会えますよ。口は大きいし、耳は小さいし、鼻は低くてギリシア鼻、髪はべたっと栗色ですけど。ぼくの黒髪の天使、ベルタの横に座ったら、もう……。さあユージェニー、鱒の茹で上がりを見てもらえますか、そろそろじゃないかな?

扉が開く。オンディーヌ登場。

第三場

前場の登場人物　オンディーヌ

オンディーヌ　（戸口に立ったまま、身うごきもせずハンスにむかって）きれい……！
オーギュスト　なにを言っとるか、このでしゃばりは。
オンディーヌ　ほんとうにきれい、って言ったの。
オーギュスト　娘です、騎士さま。どうもしつけがなっておりませんで。
オンディーヌ　人間の男のひともこんなにきれいだなんて、わかってうれしいって言ったの。心臓が止まってる。
オーギュスト　黙んなさい。
オンディーヌ　体がふるえてる。
オーギュスト　まだ十五でして、だんなさま。おゆるしを。

オンディーヌ　あたしが女の子でいるにはわけがあるとは思ってた。そのわけは、男のひとがきれいだから。

オーギュスト　お客さまはうんざりなさってる。

オンディーヌ　そんなことない。このひと喜んでる。ほら、あたしを見てるあの目……。あなた、なんて名前？

オーギュスト　敬語でお尋ねせんか。騎士さまには、です・ます。なさけない。

オンディーヌ（騎士に近づいて）きれい。この耳見て、お父さん、もう貝がら！　この貝がらに敬語なんて、むり。貝がらさん、あなたの持ち主はなんて名前？　このひと、なんていうの？

ハンス　このひとはハンス……。

オンディーヌ　ぜったいそうって思ってた。うれしいとき、口をひらいて出る言葉。

ハンス　ハンス・フォン・ヴィッテンシュタイン……。ハンス。

オンディーヌ　あけがた、空がばら色にそまって朝もやにむせかえるとき、思わずため息をついて出る言葉。ハンス。

ハンス　フォン・ヴィッテンシュタイン・トゥー・ヴィッテンシュタイン……。

オンディーヌ　すてきな名前！　エコーつきなんてすごいじゃない。どうしてここにいるの？　あたしを迎えにきたの？

オーギュスト　もうたくさんだ。さっさと自分の部屋に行かんか。

オンディーヌ　連れてって！　さらってって！

ユージェニー、料理を持って戻ってくる。

ユージェニー　お待たせしました、鱒の茹で上げでございます。うちのへんてこ娘のお耳よごしよりはよろしいでしょう。

オンディーヌ　鱒の茹で上げ？

ハンス　おいしそう！

オンディーヌ　お母さん、鱒を茹でるなんて、よくもそんなこと！

ユージェニー　静かにしな。とにかく、茹でたものは茹でたんだよ。

オンディーヌ　ああ、なかよしの鱒さん、生まれたときからずっとつめたいお水の中を泳いでたのに。

オーギュスト　鱒一匹で泣くでない。
オンディーヌ　これであたしの親だっていうんだから。鱒さんをつかまえておいて。生きたまま熱湯に投げこんでおいて！
ハンス　ねえ、お願いしたのはぼくなんだ。
オンディーヌ　あなた？　もちろんそうに決まってる。よくよく見れば一目瞭然《いちもくりょうぜん》、あなたさまはけだものでいらっしゃる。でしょう？
ユージェニー　もうしわけございません、だんなさま！
オンディーヌ　なにもわかってらっしゃらない、でしょう？　これぞ騎士道、これこそ勇気、とかいって、いもしない巨人族を探し歩いて、結局は、こんなちいさな生きものを茹でさせてるの。きれいな水のなかで跳びはねてたお魚を、よ！
ハンス　で、それを召し上がってしまう。で、思う。うまい！
オンディーヌ　どんなにうまいか、わからせてあげる。（鱒を窓からほうり投げる）さあ、召し上がれ……さよなら。
ユージェニー　またどこへ行くんだい、おまえは。
オンディーヌ　外。あそこにはね、人間なんて大きらいで、人間がどういう生きものか教えたくてたまらないひとたちがいるの。あたしとしてはそういうものに耳をかさないでやってきたけど、もうやめ。話を聞いてくる。

ユージェニー　また外かい、こんな時間に。

オンディーヌ　聞けばすぐにわかるんだから、なにもかも。人間がどういうものか、一から十まで。いったいなにができるのかも。お気の毒さま。

オーギュスト　力ずくでとめるしかないか？

オンディーヌ、身をかわす。

オンディーヌ　もう知ってる、人間は嘘をつくってこと。きれいなひとはきたないひと、勇気のあるひとは臆病なひと。知ってる、あたしはそいつらに耐えられないってこと！

ハンス　でも知ってる、そいつらは君を好きになる。

オンディーヌ　（ふりかえらずに、だが足をとめて）いま、なんて言った？

ハンス　なにも……なにも言ってません。

オンディーヌ　（戸口で）もう一度言ってください、いちおう。

ハンス　でも、そいつらは君を好きだ。
オンディーヌ　こっちはそいつらが大きらい。

夜の闇に消える。

第四場

ハンス　オーギュスト　ユージェニー

ハンス　おみごと！　たいしたしつけだ。
オーギュスト　正直言いまして、そのたびごとに叱ってはきたんですが。
ハンス　ぶったらいい。
ユージェニー　どうぞ行ってつかまえてきてください。
ハンス　とじこめるとか、デザートぬきとか。

オーギュスト なにも食べんのです。

ハンス うらやましい、こっちは腹がへって死にそうなのに。もう一匹茹でていただけませんか。あの子へのみせしめだ。

オーギュスト あいにく、あれが最後の一匹でした、騎士さま。ですが豚を燻製《くんせい》にしてあります。ユージェニーがすこしお切りします。

ハンス あの子は、豚を殺すぶんにはかまわないわけですね？　助かった！

ユージェニー、出ていく。

オーギュスト お気を悪くされましたでしょう。まことにもうしわけありません。

ハンス お気を悪くしました。じっさい、ぼくがけだものだからですよ、言われたとおりなんです。ご主人、男なんて、腹の底ではみんなおなじです。ホロホロ鳥みたいにみえっぱり。さっき、きれいだと言われたとき、それはちがうと自分でも思いました。でも、いい気分でした。臆病だと言われたとき、それはちがうとわかっていました。でも頭にきました。

オーギュスト 前むきにうけとめてくださって、おそれいります。

ハンス　いやあ！　うけとめていません。激怒してます。ひとがまちがっているときは、いつも自分に腹が立つんです。

ユージェニー　あんた、ハムが見あたらないんだけど。

オーギュスト、ハムを探しに退場。

第五場

ハンス　オンディーヌ

オンディーヌ、そっと登場。騎士の背後のテーブルまでやってくる。騎士は炉に手をかざしていて、最初はふりかえらない。

オンディーヌ　あたしの名前はオンディーヌ。

ハンス すてきな名前。

オンディーヌ ハンスとオンディーヌ……世界でいちばんいい名前。でしょう?

ハンス でなければ、オンディーヌとハンス。

オンディーヌ あ、それはなし! ハンスがさき。男の子だから。まえを歩くの。で、命令するの。オンディーヌは女の子だから。あとを歩くの。で、黙ってるの。

ハンス オンディーヌが黙ってる! それはありえない。

オンディーヌ ハンスはいつも一歩さき。式典でもそう。王さまの式典。年をとるときもそう。ハンスがさきに死ぬ。それってこわい。でもオンディーヌはすぐに追いつく。自分で死ぬから。

ハンス なにを言ってるんだ。

オンディーヌ ぞっとするほどかなしいのは、ほんの一瞬。ハンスが死んだ瞬間だけ。でも、あっという間だから。

ハンス まあ、その年《とし》で死ぬ話をしても、なにも深い意味はないか。

オンディーヌ あたしの年だから? あなたが死んでみればわかります。あたしがあとを追うかどうか。

ハンス いまほど死にたくないと思ったことはない。
オンディーヌ あたしをきらいだって言ってみて。あたしが死ぬかどうかわかります。
ハンス 十五分まえには会ったこともなかったのに、ぼくのために死ぬ？ だいたい、ぼくらは鱒のことでもめてたはずだろう。
オンディーヌ ああ、鱒のことはしょうがないから！ ちょっととろいの、鱒って。つかまりたくなければ、人間に近寄らなければよかったの。でも、あたしもおなじくらいとろいかもしれない。つかまっちゃった。
ハンス その、誰か知らないけど君の友だち、外にいるっていうその友だちが、男ってどんな生きものか教えてくれたんでしょう？
オンディーヌ くだらないこと言ってたけど。
ハンス そうだろうね。ようするに自問自答してたわけだ。
オンディーヌ ばか言わないで。あのひとすぐそこにいるんだから。こわいひとなんだから……。
ハンス 誰かがこわいとか、なにかがこわいとか、そういうふりをしてるんじゃないの？
オンディーヌ ちがう。あたしがこわいのは、あなたに捨てられること。あのひと、そう言うんです。捨てられるぞって。でも、あなたのこと、きれいじゃないとも言ってた。きれいじゃないってまちがってるでしょう。ということは、捨てられるっていうのもまちがってる、かも。

ハンス じゃ、君については？　きれいなのかな、みにくいのかな。

オンディーヌ それはあなた次第。このさき、あなたがあたしをどうあつかうか、それ次第です。あたしも、ほんとはきれいでいたかったけど。あなたに好かれていたかったけど……。あたし、いちばんきれいでいたかった。

ハンス よく言うよ。それ以上かわいいなんてありえない。さっき、大きらいって言ったときだって……。で、その誰かが君に言ったことはそれで全部？

オンディーヌ もしあなたにキスしてたら、あたしは身の破滅だった、とも言ってました。それもまちがってますけど。キスしようなんて考えてなかった。

ハンス いまは考えてる？

オンディーヌ すごく。

ハンス それなら離れて考えてれば。

オンディーヌ あ、でもあなたが破滅するということではないんです。あなたは今日この夜、キスされることになるけど……。でも待つって甘美。あたしたち、あとになって、きっと思い出すと思う、いまのこと。あのときは、まだキスもしてなかったって。

ハンス オンディーヌ……さん。

オンディーヌ あのときは、まだ好きだと言ってもいなかったんだって。でも、もう待たないで……。言葉にして。あたし、ここにいます。手が震えてる。言ってください。

ハンス こんなふうにして言えるものだと思う？ 好きですなんて。

オンディーヌ 言葉にして。こうしろって言って。男って、とろい。こうしろって言ってくれたらいいのに。膝《ひざ》のうえに乗れとか。

ハンス よろいを着たまま女の子を膝に乗せる？ 肩あてをはずすだけで十分はかかるよ。

オンディーヌ 武装解除させる方法、知ってます。

よろいが一度にはずれる。オンディーヌ、ハンスの膝に突進。

ハンス　ちょっと、どうかしてる。ぼくの腕はどうする？　はじめて会った相手に、腕を広げたりするか？

オンディーヌ　腕を広げさせる方法、知ってます。

ハンス、とつぜん腕を広げてしまう。

オンディーヌ　で、抱きしめさせる方法も、知ってます。

ハンス、抱きしめる。女の声が外から響く。

女の声　オンディーヌ！

オンディーヌ　（窓をふりむく。怒り狂って）黙って！　なにを言うつもり！

女の声　オンディーヌ！

オンディーヌ　あたし、あなたの恋愛、まぜっかえしたことある？　あなた、自分の結婚、あたしに相談したりした？

女の声　オンディーヌ！

オンディーヌ　かれ、きれいなのよ、それでも。あなたのだんなのあざらしなんて、鼻がなくって鼻の穴だけじゃない。プロポーズのときにくれた真珠の首飾りだって、粒が不揃いだったじゃない。

ハンス　オンディーヌ、誰と話してるの。

オンディーヌ　ご近所さん。

ハンス　まわりに家なんてないと思ったけど。

オンディーヌ　うらやましがりはどこにもいるから。あのひとたち、嫉妬してるの。

べつの女の声　オンディーヌ！

オンディーヌ　今度はあなた？　目のまえで水しぶきをつくってくれたからって、あのイルカのヒレに抱かれたじゃない。

ハンス　どれも、なんだかチャーミングな声だな。

オンディーヌ　チャーミングなのはあたしの名前でしょ、あの声じゃないでしょ。キスして、ハンス、あのご近所さんたちときれいさっぱり手を切るんだから……。あなた、ほかに選択肢ないわよ。

男の声　オンディーヌ！

オンディーヌ　もう遅い。帰って！

ハンス　あれが君の言ってた友だち？　あの声。

オンディーヌ　（叫ぶ）いま、かれの膝のうえにいるんだってば！　かれ、あたしを好きなんだってば！

男の声　オンディーヌ！

オンディーヌ　言うことなんか、もう聞かない。ここからはもう聞こえない。ほかの声も聞こえない。もう遅い……みんな決まったの。あたしはこのひとの愛人。そう、愛人！　わかる？　人間の男が、自分の女を呼ぶときにつかう言葉。

台所の扉で物音。

ハンス　（そっとオンディーヌを床に立たせる）ご両親だよ、オンディーヌ。

オンディーヌ　あ！　それ知ってるの。ざんねん。教えたつもりはなかったのに。

ハンス　なにを言ってるの、このひとは？

オンディーヌ　抱きしめた腕のほどきかた。

第六場

オンディーヌ　ハンス　オーギュスト　ユージェニー

ユージェニー　失礼いたしました。ハムがなかなか見つかりませんで。
オンディーヌ　ハム隠したの、ハンスと二人きりになれるから。
オーギュスト　恥ずかしいと思わんか。
オンディーヌ　思わん。時間をむだにしなかったんだから。お父さんお母さん、かれ、あたしと結婚するの。騎士ハンスはあたしをお嫁さんにします！
オーギュスト　お母さんを手伝いなさい、ばか言っとらんで。
オンディーヌ　はい。お母さん、テーブルクロスちょうだい。ハンスにお給仕するのはこのわたくし。ただいまからハンスさまの召使いになりまする。
オーギュスト　蔵からワインを出してまいりました。よろしければのちほど、わしらもご相伴を。

オンディーヌ　鏡にございます、ハンスさま。お食事まえにおぐしを。
ユージェニー　そんな金の鏡がどこにあったんだい、オンディーヌ。
オンディーヌ　水にございます、ハンス陛下。お手をお洗いくださいませ。
ハンス　すごい水さし。王様でも持ってなさそう。
オーギュスト　わしらも、はじめて見ます。
オンディーヌ　すべからくわたくしにお教えくださいませ、ハンスさま。朝起きてから夜寝るまで、わたくしは理想の召使いになりましょう。
ハンス　朝起きてから寝るまでって、オンディーヌ。ぼくを起こすのは並たいていじゃないよ。熟睡しているから。
オンディーヌ　（騎士のかたわらに座り、体をよせて）楽しそう！　起こすにはどんなふうに髪をひっぱればいい？　いやがってるのに両手で眼をあけさせるにはどうすればいい？　力ずくで口をこじあけて、キスをして息を吹きかけるにはどうすればいい？　教えて！
ユージェニー　オンディーヌ、お皿だよ！
オンディーヌ　それはお母さんがやって。いまハンスさまに起こし方を教わってるんだから。陛下、もう一回！　はい、眠ったふり。

ハンス　こんなおいしそうな匂いがしてるのに、寝たふりなんてむり。

オンディーヌ　ねえ起きて、かわいいハンス……。夜があけますってば！　このキスは夜のぶん、このキスは明け方のぶん、さあどうぞ。

オーギュスト　子どものあそびにおつきあいにならんでください、騎士さま。

ユージェニー　子どもなものですから。しつこくて。

ハンス　おお、最高のハムだ。

オーギュスト　杜松《ねず》のチップで燻《いぶ》して(4)おります。

オンディーヌ　起こすなんて大失敗！　だってどうして好きなひとを起こすわけ？　寝ているあいだはなにもかも、自分のそばに引き寄せておける。眼があいたとたん、そのひとはもう逃げていく。眠って、眠って、あたしの騎士のハンスさま……。

ハンス　眠りたいねえ。ぜひ、もうひと切れ。

オンディーヌ　あたしって要領が悪すぎる。起こすんじゃなくて眠らせるべきよね。これじゃ夜は眠らせるかわりに起こしちゃいそう。

ユージェニー　はいはい、さぞやりっぱな主婦になるでしょうとも。

オーギュスト すこしは静かにせんか、オンディーヌ。わしにひとことご挨拶を言わせてくれ。
オンディーヌ もちろん、りっぱな主婦になるわよ！ お母さん、ローストポークがじょうずに焼ければりっぱな主婦だと思ってるでしょう。でもりっぱな主婦ってそうじゃないわよ。
ハンス へえ、じゃどういうんだい。
オンディーヌ あたしのハンスさまのお心にかなう、すべてのものになること。かれのすべてになること。このひとがもついちばん美しいものになること、いちばんみすぼらしいものになること。あたしのだんなさま、あなたの汚れものになること、あなたの呼吸になること。あなたの馬の鞍《くら》の部品になること。あなたが嘆きかなしむものになること、あなたが夢見るものになること……。あなたが食べるもの、それがあたし。
ハンス この塩かげんがいいですね、絶妙だな。
オンディーヌ あたしを食べて！ ぜんぶ食べて！
ユージェニー オンディーヌ、お父さんがご挨拶なさるんだよ。

オーギュスト　（グラスをかかげて）騎士さま、今宵一夜を拙宅でおすごしくださる栄誉をわしらにたまわりましたことにお礼をもうしあげまして……。
オンディーヌ　一夜じゃなくて一万夜、十万夜……。
オーギュスト　騎士さまにかつてない大勝利をお祈りし、また騎士さまのご寵愛にめぐまれた女性のために、ここで乾杯させていただきたく……。
オンディーヌ　お父さんったら、優しいこと言ってくれるじゃない！
オーギュスト　不安な思いで騎士さまをお待ちになっておられるかたのために……。
オンディーヌ　もう大丈夫……。不安な思いはもうおしまい。
オーギュスト　そしてそのかたのお名前は、すべての名前のなかでもっとも美しい名前とうかがっております。わたくしめはヴィオラントという名も好きでありますが、というのもヴィオラントの場合、わたくしにはいささか思い入れもありまして……。
ユージェニー　はいはい、わかったから、さきをどうぞ。
オーギュスト　もっとも美しく、もっとも尊敬すべき、黒髪の天使さまのため、騎士さまがお呼びになられたとおり、ベルタさま、騎士さまの奥さまのために乾杯もうしあげる次第であります！

オンディーヌ　（立ち上がって）なんて言った？
オーギュスト　騎士さまがおっしゃったとおり言ったまで。
オンディーヌ　お父さんの嘘つき！　ハンスの嘘つき！　いまはあたしがベルタっていう名前なのよね？
ユージェニー　いいえ、ちがうんだよ、さあさ。
オーギュスト　騎士さまは、伯爵の位をおもちのベルタ姫とご婚約中でいらっしゃる。お帰りになったら結婚式だ。そうでしたな、騎士さま。みーんな知っとることだ。
オンディーヌ　みーんな嘘ついてるのよ。
ハンス　ねえ、いい子だからオンディーヌ……。
オンディーヌ　ああ、ハム食べ終わったわけね。それでベルタっているの、いないの、イエスかノーか。
ハンス　説明させてくれ。
オンディーヌ　いるの、いないの、イエスかノーか。
ハンス　イエスだ。ベルタという女はいる。というか、いた。
オンディーヌ　そういうこと。男ってそういうものって、言われたとおりじゃない！

罠《わな》をしかけて引き寄せる。膝に抱き上げて、唇で押し倒して、両手で体中をさぐって肌にふれる。で、そのあいだずっと、ベルタなんていう黒髪の女のことを考えてる！

ハンス　でも、そんなことはしてない、オンディーヌ！

オンディーヌ　（自分の腕を嚙《か》んで）したわよ！　まだあとになってるじゃない。これ見て、お父さん、お母さん、このひとが嚙んだの！

ハンス　まさか信じたりなさらないでしょうね？　お二人とも。

オンディーヌ　ぼくは君の持つ、いちばんみすぼらしいものになろう、いちばん美しいものになろう。このひとが言ったことよ。ぼくは君の素足になる。君が飲むものになる。食べるものになる……。ほんとにそう言ったんだから、お母さん！　こうも言った、君はぼくのためにしなければならないことがある。昼のうちから夜中まで、ぼくを起こすのにかかりきりになれ、ぼくが死んだらすぐにあとを追え……。あなたそうしろって言ったじゃない、イエスかノーか。そういうことを言ってるあいだ、胸のなかではどす黒い悪魔の肖像をかかえてるの。黒髪の天使なんて呼んじゃって。

ハンス 頼む、オンディーヌ！
オンディーヌ あなたなんて軽蔑！　唾《つば》を吐きかけてやる！
ハンス 聞いて。
オンディーヌ ここから見えるわよ、おひげがうっすらはえてる黒髪の天使さま。おみとおし。毛だらけの黒髪の天使さま。その手の天使さまはお尻のくぼみに、とぐろをまいたしっぽがあるの、それって常識。
ハンス かんべんしてくれ、オンディーヌ。
オンディーヌ 寄らないで。湖に飛びこむわよ。

扉を開ける。外は激しい雨。

ハンス （立ち上がって）オンディーヌ、ベルタなんてもういない……と思う。
オンディーヌ そうでしょうとも。あたしにしたように、世界中のベルタを裏切ればいいんだから。父さんも母さんも、あなたのせいで赤くなってるじゃない。
オーギュスト そんなふうにお思いにならんでください。
オンディーヌ いますぐここから出て行って。出て行かないなら、あたし二度と戻らない。（ふりかえって）さっき、なにをごちゃごちゃ言ってたのよ？

ハンス　オンディーヌ、ベルタなんてもういない……と思う。

オンディーヌ　嘘つき。さよなら！

姿を消す。

ハンス　オンディーヌ！

ハンス、オンディーヌを探しに走り出る。

オーギュスト　わしはするべきことをしたまでだ。

ユージェニー　ああ……するべきことをしたよ。

オーギュスト　しかし、あのかたにはなにもかもお話ししたほうがよかろうな。

ユージェニー　そうだね。なにもかもお話ししたほうがいいね。

ハンス、ずぶ濡れで戻ってくる。

第七場

ハンス　オーギュスト　ユージェニー

ハンス　あのひとは、じつの娘さんじゃないんでしょう?
ユージェニー　はい、騎士さま。
オーギュスト　わしらにも娘が一人あったのですが、生まれて半年でさらわれまして。
ハンス　オンディーヌを預けたひとは誰なんです?　どこに住んでいますか。
オーギュスト　あれは湖のほとりで見つけた子でして。預けたひとはおりません。
ハンス　では結局お二人にお願いすることになるわけですね、結婚の許可は。
ユージェニー　親と呼ばれてはおりますけれど。
ハンス　ぼくにお嬢さんをください!
オーギュスト　騎士さま、お気はたしかでありますか。

ハンス　気はたしか？　おたくのささやかなワインで酔っぱらったことにしたいんですか！

オーギュスト　とんでもない！　あれはブランドもののモーゼルワインです。

ハンス　これほど正気だったことはない。これほど、自分の言っていることをわきまえていたことはない。オンディーヌだけを思って、オンディーヌとの結婚をもうしこむ。生涯をともにしたい。この身を婚礼にみちびき、闘いにいざない、死にみちびくのはあの女性の手だ……。

オーギュスト　婚約者が二人では、みちびく手が多すぎます。

ハンス　婚約者ってベルタのこと？　もしかして？

オーギュスト　そのようにうかがいましたが。

ハンス　ベルタに肩入れするほど彼女をわかってます？　ぼくはわかってる。オンディーヌと会ってみてわかったんです。

オーギュスト　完璧なかただというお話でした。

ハンス　そう、口の端に泡をたてるのをべつとすれば完璧。きんきん声で笑うのをべつとすれば完璧。

オーギュスト　騎士道というものは、なににもましてまず忠実、ということかと思っとりましたが。
ハンス　冒険に忠実ということですね。ぼくははじめて、自分の冒険に忠実な騎士になるわけです。これまでの修業中の騎士なんて、まったく能天気なものでした。立派な宮殿を見つけても、自分の小さな館に帰るだけ。アンドロメダを救い出しても、せいぜい六十歳で引退してよしと言われるだけ。巨人の財宝を手にいれ大喜びしても、金曜日の精進《しょうじん》を免除してもらえるくらい。でもぼくはもう、そんなことはやめます。冒険というものは騎士の修業でもないし、将来、もの書きが幻想をふくらませるたぐいのものでもない。これからは、ぼくは自分の冒険をして、自分の力で奪いとる。結婚相手も自分で決める。ぼくはオンディーヌと結婚します。
オーギュスト　それはまちがいです。
ハンス　まちがい？　では漁師さん、率直にこたえてください。昔むかし、あるところに騎士がいた。この世のなかで、すりきれていないもの、ありきたりでないもの、手垢《てあか》にまみれていないものを探し歩いていた。そして湖のほとりでオンディーヌという少女を見つけた。錫《すず》の皿を金の皿に変える少女だ。嵐のなかに飛び出しても濡れない。この世で出会った最高の美少女だというだけじゃない、明るくて、優しくて、自分を犠牲にしていとわない。その騎士のためなら、死ぬことさえいとわない。その騎士のためなら、どんな人間もかなわないほどみごとにやってのける。炎のなかをかいくぐる、渦潮のなかに飛びこむ、空を飛ぶ……。ところがその騎士は丁重に別れを告げて、ベルタという黒髪の娘と結婚するために去っていく。その騎士はいったい、どこのどいつだ。

オーギュスト 質問が不適切です。

ハンス それが誰なのか言ってくれと頼んでいるんです。こたえられませんか。そいつの名前は大ばか者。でしょう?

ユージェニー ですが、もう結婚の約束をなさってらっしゃるでしょう、騎士さま。

ハンス ねえユージェニー、もしあなたがたがオンディーヌをくださらなければ、ぼくがおとなしくベルタと結婚するなんて思っていないでしょうね。

オーギュスト もしそのベルタさんが騎士さまをお好きなら、そのかただって泳いだり、飛びこんだり、空を飛んだりできるようになりませんかな?

ハンス　それは物語のなかの話。女の子が恋に落ちたが最後、ますます間《ま》が抜けた状態になるのがおちです。雨には濡れる、洟《はなみず》は垂らす、捻挫《ねんざ》はする。惚れたはずの花嫁の顔を結婚式で見たら、すぐにわかることですよ。花婿は頭をひねるんです、どうしてこんなことになったんだろう？　わかった、俺に惚れたんだ。

ユージェニー　あんた、言ってあげなさい。

ハンス　言ってくれ！　オンディーヌはだめだというちゃんとした理由があるなら、聞かせてくれ。

オーギュスト　騎士さまは、わしらにあの子をほしいと言われる。まことに光栄なことではあります。しかしわしらのものでないものを、さしあげようがありません。

ハンス　親は誰だというんです。

オーギュスト　親の問題じゃありません。オンディーヌに関するかぎり、親は誰というようなことは問題にならんのです。たとえわしらが養女にしなくても、それはそれで、ひとりで生きて大きくなっただろうと思います。わしらの手が必要だったことは一度もありません。いっぽうで、雨が降ったら家のなかに引き止めておくことはまずできません。寝床もいりません。ですが湖のうえで眠っとるのを見てぎょっとしたことは幾度もあります。もともと子どもというのは本能的に自然で、ありのままなものかもしれませんけど、あの子のありのままは自然そのものです。オンディーヌのまわりには、桁《けた》ちがいの力があるんです。

ハンス　それは彼女が若いっていうことですよ。

オーギュスト　そう思われますか？　わしらが一緒になったとき、ユージェニー、おまえもあの年だった。おまえだってきれいだったし、けっこうこわいもの知らずだった。けど、湖は湖であって、わしが知っとる湖のままだった。どよんとして、がんこで、洪水だってそりゃひどかったし、嵐になれば、もう、けだものみたいだった。なのにオンディーヌがいるようになったら、なにもかもがらっと変わりましたんで。

ハンス　それは漁師として腕が上がったということでしょう。亀の甲より年の劫《こう》。

オーギュスト　オンディーヌがきてからは、湖で漁の網が破れたためしがありません。漁がないという日もありません。捕れる魚がまた多すぎも、少なすぎもせんのです。きのうなんて船底の、見えないところに穴があいていたのにですよ、水が入ってこないんですわ。なんだか知らないけど、ふつうじゃありませんよ。船の穴に水を詰めてふさいでくれる湖なんて、お目にかかったためしがありゃせんです！

ハンス　なにを言いたいんです？　つまり、お嬢さんをくださいと、湖に頼めということ？

オーギュスト　めっそうもない！

ハンス　世界中の湖がおしゅうとさん。世界中の川がしゅうとめさん。よろこんで受けいれましょう。ぼくは自然と相性がいいんです。

オーギュスト　気をつけて！　たしかに自然というものは、人間に腹を立てたがるものではありません。人間がお気にいりで、肩をもつんです。なにかこう、高く買っとるというか、おもしろがるものがあるんですな。美しい家とか、みごとな船とかは自慢なんです。犬が自分の首輪を自慢するようなものですわ。ほかではぜったい容赦しないようなことも、そういうところでは見逃します。ほかの生き物だったら脅されるようなところでもです。だいたい花でも蛇でも、毒を持っとるようなのは、人間がちかづくと物陰に逃げるか、その色で毒だと教えてくれるもんです。ですがいったん自然がへそを曲げたら、もうそれまでですわ。

ハンス　オンディーヌと結婚したら自然が気を悪くすると言われるんですか？　ですがお二人があの子を養女にしても、自然は怒らなかった。お願いします、ぼくにオンディーヌをください。

オーギュスト　オンディーヌをさしあげる。それがわしらにできますかな。当人はいま、どこにおりますか？　きっと二度と戻ってこんでしょう、オンディーヌは！　いなくなるたびにそう思います、いつものことですわ！　見に行って探しても、足跡もありません。服だってまるで着たきりで、ほかの服なんぞ見たこともありません。おもちゃだって宝箱だって、持ったためしもないんです。出ていったら最後、あの子のものはなにもかも、跡かたもなくなるんです。一度いなくなったら、二度と戻らないんです。夢なんですわ、オンディーヌは！　オンディーヌなんておらんのです。そう思わんか、ユージェニー。

ユージェニー　思うよ、あんたちょっと飲みすぎだって。なさけないねえ。騎士さま、ワインのせいなんですよ、すぐ酔いが回るんですから。さきほどの、目の砂金の話と変わりませんから。

オーギュスト　ああ、それそれ、砂金の目の女！

ハンス　また砂金の目のたわごとか。だとすると、オンディーヌについてもおなじかな。それなら自分に尋ねてみるしかない……。でもぼくも似たようなものだ。夢のなかにいる。

オーギュスト　うちのかわいいオンディーヌを、これまでいつだって見てきたわけですわ。あれの声や、笑ったところも思い出せます。あなたさまの鱒をほうり投げてるところ、五十フランはする鱒をですな。ですがあの子がもう、なにか、合図としてしか姿を見せなくなっても、わしは驚かんです。ちいさな稲妻とか、ちょっとした嵐とか、そういうもの。この足をおおう波とか、頬にあたる雨とか、カワカマスの梁《やな》にかかった一匹の魚とか、そんな合図でわしらを好きだと伝えてくるようなやりかたですな。

ユージェニー　騎士さま、どうぞお許しください。一杯入るといつもこうなんです。わけのわからないことをごたごたと。

オーギュスト　わしはまだ騎士どのにすべてを言っとらん。わしらがオンディーヌを見つけたあの揺りかごのまわりで、砂浜がどうなっとったか話しとらんぞ。砂地のそこらじゅうに、恋人たちが寝床にする穴があいとったですわ。百も、千も……。水のほとりに千組もカップルがつがって、できた娘が、はい、オンディーヌ。
ユージェニー　はい、それまで。
オーギュスト　ところがその、足跡がないんですよ、聞いてくださいだんな、からだは百もある、足は一つもない。
ユージェニー　では失礼して休ませていただきます、騎士さま。
オーギュスト　どの跡もついたばっかりでまだ新しいんですわ。そこに真珠や雲母がはりついて……。
オンディーヌの話はまた明日。
ユージェニー　また雲母！　いいかげんうんざり。さあ来るんだよ、オーギュスト。
オーギュスト　帰ってくれば、だがね。
ハンス　帰ってくるのか来ないのか……待とう。
肘掛椅子《ひじかけいす》に横になる。

第八場

ハンス　水の精　ついでオンディーヌ　さらにほかの水の精たち

家の背面が透明になり、水の精が一人あらわれる。

水の精　あたしをえらんで、きれいな騎士さん。

ハンス　なんだって？

水の精　キスして。

ハンス　まさか。

水の精　抱きしめてキスして、きれいな騎士さん。

ハンス　キスって、どうして。

水の精　ぜんぶ脱がなきゃだめ？　きれいな騎士さん。

ハンス　なかは見ません。お好きにどうぞ。
水の精　あおむけに寝る？　それとも、うつぶせ？
オンディーヌ　（すっとあらわれる）　いいかげんにして！　ばかもいいとこ。

水の精、消える。

ハンス　（オンディーヌを胸に抱いて）　ぼくのオンディーヌ。あのいたずらなに？
オンディーヌ　やきもちやきのご近所さん。あたしがあなたを好きなのが気にいらないの。あなたは、先着順で誰でもいいタイプだっていうのよ。大胆なのが出ていけば、あなたなんて落とせるって。
ハンス　やってみればいい。

第二の水の精、登場。

第二の水の精　あたしをえらばないで。
ハンス　今度はなにを言い出すんだ。
第二の水の精　あたしをえらんじゃいや、きれいな騎士さん。あたし、そのパンは食べないから。

ハンス どのパン？

オンディーヌ 強気の娘がだめなら、清純派。それでひとしきりじらせば落ちるだろうって。男なんてその程度のものだっていうの。

第二の水の精 あたしの髪をほどかないで、腰を撫《な》でないで、きれいな騎士さん！

ハンス 彼女、悪くないな。送りこまれてくるなかで一番美人なのかな。

オンディーヌ ちがうって。一番頭がいいの。ねえハンス、あたしを抱きしめてて。あのおばかな女を見て。上げ膳据え膳の、あのばかさかげん。もうたくさん。行ってよし！ さっきと同じ。そっちの負け！

第二の水の精、消える。

第三の水の精、すっとあらわれる。

ハンス 新手《あらて》が来た。

オンディーヌ ああ、もういや。冗談じゃない。あとの二人といっぺんにきなさいよ。

ハンス ほっとけ。なにかしゃべるさ。

オンディーヌ あれは三人ひと組のうちの一人。ふつうは三人姉妹で歌うものなの。水の精の男たちだって、あれには抵抗できない……。

ハンス まだ若いな、やってみろよ。

第三の水の精 ハンス・フォン・ヴィッテンシュタイン・トゥー・ヴィッテンシュタイン
あなたなしでは命もつきる
あなたのものはすべてわたしのもの⑤のものなのよ
どうか愛して　捨てないで

ハンス ブラヴォー。チャーミングだ。

オンディーヌ どこがチャーミング。

ハンス シンプルにしてチャーミング。人魚の歌にも、ちょっと似てるね。

オンディーヌ そのものなの。あれの引き写しなんだから。ああ、すぐ上の娘がきた。聴かないで！

ハンス　ぼくを信じないのか？

オンディーヌ　ねえお願い、聴かないで！

ハンス　その腕。オデュッセウスを船に縛りつけた綱(6)みたい。

オンディーヌ　（水の精にむかって）さあ、やって。さっさとして、はやく！

第四の水の精　そなたを思いし　この深き心
眠りのおくにて　そなたは歌う
このくちびるを　夢にてうばう
さればのがれし　闇のふところ

オンディーヌ　はい、おしまい。

ハンス　まだだよ、ありがたい。ほら次が出てきた……。

オンディーヌ　あの子、ほんとは足がないの、知らないでしょう。二本の足のかわりに、一本しっぽがあるだけ。足をひらけって言ってみて、わかるから。あたしはほんとの女だもん、できるわよ……。ほら見て！

ハンス　なにを言ってるんだ。（水の精に）どうぞ、はじめて！

オンディーヌ　心で思っていても言えないことってあるでしょう。それをほかの誰かが言っているのを聞かされて、楽しいと思う？

ハンス　それはあらゆる人間の宿命だな。例外はヴォルフラム・フォン・エッシェンバッハ(7)。あれはなにしろ詩人だからね。心にもないことを言える……しっ。

第五の水の精　灯《あか》りをともす　この夕べ
　羊飼いと犬の　家路の響き
　そなたを思う　ひとりの窓べ
　涙のむこうに　炉辺《ろばた》の熾火《おきび》

ハンス　最高。くりかえしてくれないかな。（オンディーヌに）暗記してよ、ぼくらの夕飯にいい。

オンディーヌ　さあ、あと一分以内にいなくなって。お行き！

水の精　あなたの負け、オンディーヌ、あなたの負け！

ハンス　なにに負けたって？
水の精　自分でした賭けに負けたの！　あなたの腕に抱かれているけど、オンディーヌ、かれ、あたしを見てるわよ。あなたにキスしても、聞いているのはあたしの声。そのひと、あなたを裏切るわよ。
オンディーヌ　こんなの人間界の習慣よ、知りもしないで。自分の恋愛話を、あなたみたいなおめでたいのに代わりに言わせるの。歌ったり語ったりするのがいるのよ、詩人っていうの！　あなたは詩人。つまり、阿呆っていうこと。
水の精　美人や音楽でお楽しみをするために、あなたを裏切っていいってことね。やっぱりあなたの負けじゃない！
オンディーヌ　ちがう。このひと、あなたたちのことなんて笑ってるわよ。あたしの勝ち。
水の精　じゃみんなに言っていいのね？　あなたが契約をうけいれたって。
ハンス　なんの契約？
オンディーヌ　どうぞ。うらやましがってるのにも言えば。ねたんでるのにも、みえっぱりなのにも言えば。

水の精 じゃ言うわ！

オンディーヌ 群がってる全員に言えばいい。泳いでいるのにも、琥珀《こはく》をつくってるのにも、背骨のあるのにも、何十億も卵を産みつけてるのにも、どうぞどうぞ。

水の精 卵なしで生まれる生き物になるなんて、ほんと、おもしろいでしょうね。

ハンス いったいなんの話なんだ。

オンディーヌ ふれまわりに行きなさいよ。さあ消えて。

水の精 あっという間に知れわたるわよ。あのかたにも。

オンディーヌ あんなひと、呪われればいい。

水の精、消える。

ハンス なに、このやりとり。それに、そのけんまく！

オンディーヌ そう。これが家族というものなの！

第九場

オンディーヌ　ハンス　ついで二人の水の精　水の精の王

オンディーヌと騎士は座っている。オンディーヌ、騎士に抱きつく。

オンディーヌ　あなたつかまったのよね？　今度こそ。

ハンス　身も心も。

オンディーヌ　じたばたするのはもう終わり。声をあげたり足をあげたりも、もう終わり？

ハンス　幸せすぎて、からだがうごかない。

オンディーヌ　二十分もかかっちゃった。でもカワカマスを追いこむのでも、三十分はかかるから。

ハンス 人生ぜんぶかかった気がする。子どものころからずっと、椅子に座っていてもボートに乗っていても、馬に乗っていても、釣り針に引っぱられていた。あの釣り針を引いていたのは君だった。

オンディーヌ その針、まちがいなく心臓にささってる？ 唇とか、頬っぺたの肉とかじゃなくて。

ハンス 深すぎて、二度と抜けない。

オンディーヌ あの、釣りのたとえはこのくらいにして、愛してるって言ってほしいなって、頼んだら頼みすぎ？

ハンス (片膝を床につく) 頼みすぎじゃない、言います。愛してます。

オンディーヌ それって、どこかよそでも言った？

ハンス 似たようなことは言った。でも意味は逆だった。

オンディーヌ よく言ってた？

ハンス とくに好きでもない女たちに言っていた。

オンディーヌ 一覧表にして！ あたしが誰に勝ったのか、名前を言って。あたしのせいでふられたひとたちを教えて。
ハンス　ほとんどゼロ。ゼロにひとしい、つまりその……どの女も。
オンディーヌ　性格の悪い女たち、とか、値打ちがない女たち、とか、髭《ひげ》のはえた女たち、だから？
ハンス　性格のいい女もいました、美人もいました！
オンディーヌ　ハンス、あたし、あなたに世界のすべてをあげるつもりだったのに。いいわよ、きれいなほうの半分はとっておこう。いつかきっと、ほしくなるわよ。
ハンス　ほかの女はくらべものにならない、会えばわかる。
オンディーヌ　会うの？　どこで？
ハンス　その女たちがいるところで。馬場や、井戸端や、ヴェルヴェットを売ってるギリシア人の店で。あした出発しよう。
オンディーヌ　自分たちのうちと湖を、もう離れるの？　そうしたい？
ハンス　最高に完璧なものを世にみせびらかしたい。自分は最高に完璧だって知っている？
オンディーヌ　たぶんそうだろうな、とは。でも、それを見る目が、世の中のほうにあるかどうか。

ハンス 君のほうもその目で世の中を見ることになる。君も世間も、おたがい、いつまでも知らん顔でいられるわけじゃない。世の中や社交界って、オンディーヌ、とても楽しいところだよ。

オンディーヌ うーんハンス、世の中について知りたいことはひとつだけ。世の中のひとたちって、離れたりするもの？

ハンス どういう意味？

オンディーヌ 王さまと王妃さまが愛しあってるとするでしょう、なのに離れることはある？

ハンス ますますわからない。

オンディーヌ こういうこと。ツノザメっているじゃない。べつにツノザメがとくに好きなわけじゃないんだけど、しゃがれ声だってみんな言うし。でもほんとはちがうの。あれは声帯のせいなの。いつも口をあけっぱなしだから塩気《しおけ》で気管支をいためてて、そのせいで……。

ハンス ツノザメの話でごまかすわけ？

オンディーヌ ちがう、ちがう。ひとつの例。ハンス、ツノザメって、いったんつがいになったら、あとはもう二度と離れないの。たとえ離れても指一本分くらいなの、雌は頭ひとつぶんだけ遅れて、雄のあとをついて、何千マイルでもいっしょに泳いでいくの。王さまと王妃さまもそのくらい近い？　王妃さまはほんのちょっとだけ王さまのあとなの、王さまにいざなわれてる感じで。

ハンス それだとむずかしいことになるだろうな。王と王妃はそれぞれご自分の部屋をおもちなんだ。それぞれ、ご自分の馬車やご自分の庭がある。

オンディーヌ 「それぞれ」っていう言葉、すごくこわい。どうしてそうなの？

ハンス それぞれ、ご自分の仕事とご自分の空き時間があるから。

オンディーヌ でもツノザメだってほんとにいろんな仕事があるんだけど。ごはんも食べなきゃならないでしょう、狩りもするでしょう。何十億匹もいるニシンの群れを追いかけることだってあるし、そのニシンがまた目のまえであらゆる方向にひろがったりするの、光の筋みたいに。だからツノザメが右と左に分かれる理由なんて百万もあるわけ。それでも一生並んで、くっついて生きるの。エイだって、あいだをすり抜けられないくらい。

ハンス　王と王妃のあいだだと、クジラの群れが一日二十回は通れる気がする。王さまは大臣たちを監督なさってるし、王妃さまは庭師たちに指図しているし。二つの流れに運ばれている。

オンディーヌ　それ、それ、流れ。ツノザメだって、流れが二十も、百もあるのに逆らわなきゃならないの。寒流もあるし、暖流もあるし、雄のツノザメは冷たいのが好きとか、雌のほうは暖かいのが好きとか。しかも強い流れなわけ、引き潮とか満ち潮とかより、もっと強いの。どんな船も砕け散るくらい。なのによ、雄と雌を指一本分だって引き裂けない。

ハンス　それは人間とツノザメがちがう種だっていうことの証明だよ。

オンディーヌ　でもあなたはあたしから離れないって、ちゃんと約束して。一秒も、一メートルも離れないって。あたしはあなたを好きなんだから、二歩離れたらもう孤独なの。

ハンス　うん、約束する、オンディーヌ。

オンディーヌ　おたがい会わないでいるより、つながっているほうが害はすくないでしょう?

ハンス　それで、どうしようっていうの？

オンディーヌ　ねえハンス、聞いて。あたしたちをくっつけたままにできるひとを知ってるんだけど。すごくうまいの。それで二人でぴったりくっつけてもらうの、そういう双子みたいに。そのひと、呼んでほしくない？

ハンス　たがいに抱き合う腕ってものがあるとは思わない？

オンディーヌ　人間の腕なんてどうせ、相手をふりほどくのに使うだけじゃない。だめ。結婚したカップルが、欲望とか気まぐれでしたいようにするのをふせぐ方法って、もう考えれば考えるほどこれしかない。くっつけてくれるその友だち、すぐそこだから。やってくれるわよ、ひとこと言えば。

ハンス　でもさっきのツノザメだって、くっついているわけじゃないだろう？

オンディーヌ　たしかにそうだけど、ツノザメは社交界を泳いでいくわけじゃないから。あたしたちは腰のところで肉のベルトでつながれるの。よく考えたんだから。しなやかで柔らかいから、抱き合っても邪魔じゃない。

ハンス　でもねえ、オンディーヌ、戦争だってあるよ。

オンディーヌ　だからよ。あたしいっしょに戦争に行くもの。そしたら顔が二つある二面の騎士になるじゃない、敵なんて逃げちゃうわよ。有名になるわよ。じゃ呼ぶから。いいでしょう?

ハンス　でも死ぬときもくる。

オンディーヌ　だからだって。そのベルト、ほどけないの。もうよく考えたんだから。あたしが熟慮のひとだってそのうちわかるわよ。あたし自分の耳も目もふさいじゃう。あたしがつながってるって、あなた気づかないわよ……。じゃ呼ぶから。

ハンス　いや、やめておこう。とりあえずは今のままでためしてみようよ、ねえオンディーヌ、それからっていうことで。べつに今夜は心配ないだろう?

オンディーヌ　心配です。あなたがなにを考えてるか、あたしにはわからないと思ってるでしょう。もちろん、って思ってる。こいつの言いぶんにも一理ある。昼も夜もかたく抱きしめていよう。だけど、ときどきは、ちょっとくらいは離れて、ひと息いれたり、ゲームをしたりしたい。

ハンス　自分の馬の様子も見たい。

オンディーヌ　そうそう、楽しもうとか。馬の様子を見に行こうと思ったら、あたしが寝るのを待つのは確実でしょう。この天使ちゃんが寝ちゃえば、ってあなた思うでしょう。もちろんこの世で一分たりとも見捨てるわけではないけれど、一分くらいなら、ぼくの馬を見に行けるって。でもあたしが寝るのをえんえんと待つことになるわよ。で、寝てしまうのは自分のほう。

ハンス　そうかなあ、ねえオンディーヌ……。きっと幸せすぎて夜どおし眠れないよ。とにかく、それはそれとして、これから馬のところに行かないとね。明けがたに出発するって言っておくだけじゃなく、馬にはみんな話しておかないと。

オンディーヌ　あ、そう。それはいいかもね。

ハンス　あれ、なにするの？

オンディーヌ　今夜のために、自分でベルトをつくるの。この革紐《かわひも》、あたしたちのまわりに巻いてもいやじゃない？

ハンス　うん、いやじゃない……。

オンディーヌ　この鎖もいい？

ハンス　うん、いい。

オンディーヌ　じゃ、この網は？　あたしが眠ったらはずしていいから。見て、ああもうあくび。おやすみなさい。

ハンス　わかった。しかし、この世で男と女がこれほど近く結ばれるなんて、かつてなかった話ではある。

オンディーヌ、すばやくまた立ち上がる。

オンディーヌ　そのとおり！　じゃ今度はあなたが眠る番！

両手で騎士のうえに眠りを投げかける。騎士、眠りに落ちる。

水の精　さよなら、オンディーヌ。

オンディーヌ　あのケガした鮭二百匹、あなためんどうみてやってね。あと稚魚の世話も。二つの群れにわけて、明け方には河口の滝の下に連れてって。お昼にはホンダワラの藻の下。ライン河には気をつけて。あの子たちにはまだ流れが重すぎるから。

べつの水の精　さよなら、オンディーヌ。

オンディーヌ　あなた、あたしのかわりに真珠を見はって。洞窟の広間にみんなあるから。あの真珠で、あたし絵をかいたの、二、三日そのままにしておいてね……。

なにをかいてあるかはわからないと思うけど。それ字なの、読めないでしょう、名前なの。

水の精の王　最後の警告だ、われわれを裏切るな。人間たちのところへ行ってはいかん！

オンディーヌ　人間たちのところ、じゃなくて、ひとりのひとのところ。

水の精の王　おまえはその男に裏切られることになる、捨てられることになる。

オンディーヌ　そんなことない。

水の精の王　よかろう、契約成立だ。このばか娘！　契約をうけいれたな、おまえが裏切られたら、それは湖の恥なのだ！

ハンス　（眠ったままでふりむく）オンディーヌ！　湖の栄光！

オンディーヌ　口が二つあると、こたえるのも楽！

幕

第二幕

王宮内の貴賓室。

第一場

侍従　王立劇場総監督　あざらしの曲芸師

水の精の王（奇術師に変装している）　詩人　ついで小姓

侍従　それでは諸君、ここはひとつ諸君の創意工夫が待たれるところである。もうまもなく、国王陛下におかれてはこの広間に騎士ヴィッテンシュタインどのを迎えられる。騎士どのは三月《みつき》におよぶハネムーンののち、ようやく、そのうら若き花嫁を宮廷におひろめする決心がついたというわけだ。陛下におかれては、この盛大なる儀式に余興を添えたいとのおおせである。そこでだ、王立劇場総監督、そなたはなにを提案してくれるか。

劇場監督　『サランボー』(8)です！

侍従　『サランボー』。悲劇ではないか。しかも、ついこのまえの日曜に、辺境伯の一周忌でやったばかりだろう。

劇場監督　たしかに悲劇でございます。しかしすぐに演じる準備がありますので。

侍従　それなら『オルフェウス』(9)はどうだ、もっとすぐに演じることができようが。狼と穴熊なら王立動物園から貸し出してもらえるぞ。あるいは『イヴとアダムの戯れ』だって、すぐに演じられよう。あれなら衣裳はまったくいらんではないか。

劇場監督　しかしながら閣下。劇場にふさわしい出しものについては、このわたくしがいちばんよくこころえております。それぞれの舞台ごとに、演じてうまくいくものとだめなものとがございます。無理じいをしてもよろしくありません。

侍従　劇場監督、時間はせまっておる！

劇場監督　じつのところ、劇場というものはそれぞれ、ただひとつの作品のために建てられております。ですので、劇場を監督する唯一の秘訣は、その劇場にふさわしい作品を見きわめることにつきます。むずかしい仕事です、とくに、その作品がまだ書かれていないときにはたいへんです。あまたの破滅をかいくぐって、メリザンドの髪の毛[10]やヘクトルのよろい[11]をつうじてその劇場の鍵へと、その魂へと、またあえてもうしあげますなら、その性的傾向にまでも、導かれるその日まで……。

侍従　監督。

劇場監督　たとえばわたくし、ある劇場を管理していたことがございますが、そこは古典劇はまったく合いませんでした。ただ軽騎兵のお笑い劇でだけ、うっとりと、とろけたようになるのです。すなわちこれは女性の劇場でした。べつの劇場では、システィナ礼拝堂聖歌隊とはうまくいきます。つまり同性愛の劇場だったわけです。また昨年、パルク劇場を閉鎖せざるをえなくなりましたのは国家的方針にそわせるためでして、というのもあの劇場は近親相姦ものにしかむかなかったからでした。

侍従　王立劇場にぴったり合うのは『サランボー』だともうすのか？

劇場監督　そのとおり。王立劇場におきましては、ただ『サランボー』においてのみ、合唱隊員の発声器官がリラックスして、音程は少々はずれながらも割れんばかりの声が響くわけです。『ファウスト』のときは錆《さ》びついてかたまっていた舞台装置の鎖が、『サランボー』になると、突如するすると回りはじめる。大道具が十人がかりで、幕だの書き割りだのにぶつけながらやっとのことで持ち上げていた柱さえも、たった一人の指先で、ほそいスティックよりあっさりと立ち上がってしまう。関係者が鬱《うつ》になったり反抗的になったりすることもありませんし、舞台裏の埃《ほこり》だって、鳩といっしょにたちまち飛び去ってしまうというわけです。あるときなど、ドイツもののオペラを上演しておりました。わたくしの席から見ていますと、一人の歌手だけが喜びのあまり跳びはねるようにして、自分のパートを声いっぱいに歌っている。その迫力でオーケストラは言いなり、客席はもう拍手喝采。それというのもです、ほかの出演者がおとなしくドイツオペラの譜面どおりに歌っていたのに、その歌手はうっかり『サランボー』の持ち役を歌っていたわけです。というわけで閣下、わたくしどもの劇場は『サランボー』を千回は上演してきました。それはつまり、いきなりやれと言われて演じることができるの

侍従　は、この劇しかないからです。

侍従　残念ながら、愛しあうカップルに、あのような愛の悲劇を見せるわけにはいかん。そこの君！　君はなにかね。

曲芸師　あざらしの曲芸師でございます、閣下。

侍従　そちのあざらしはなにができるのか。

曲芸師　『サランボー』を歌ったりはいたしません、閣下。

侍従　それもまた、こころえ違いであるな。『サランボー』を歌うあざらしがいれば、まことにけっこうな幕間《まくあい》のだしものになったのであるが。それはそうと、そちのオスあざらしはあごひげを生やしておるそうだが、それがどうも国王陛下の義理の父君《ちちぎみ》のあごひげに似ているという者がおる。

曲芸師　そり落とせます、閣下。

侍従　遺憾にも偶然にも、陛下の義理の父君にあらせられては、昨日《さくじつ》ご自身のひげをそり落とされた。かりにも妙な噂がたってはならん。ああ、そち、その最後にお る！　そちはなにかな。

奇術師　マジシャンです、閣下。

侍従　しかけはどこだ？

奇術師　しかけをもたないマジシャンでして。

侍従　冗談はやめんか。たねもしかけもなしでどうやって、ながい尾をひいた彗星を出せるのか。どうやって、イスの町[12]にこう、洪水が上がってくるところを見せるというのだ。しかもあれなどは鐘という鐘が鳴りひびくわけだ、しかけなしではできんではないか。

奇術師　いえ、できます。

彗星がよぎる。イスの町が出現する。

侍従　できるはずがないではないか。トロイの木馬を見せることができるか。しかも目から煙がくすぶっとる木馬をだ。ピラミッドを建てるのもできるか。しかもまわりをラクダがとりまいているやつをだ。しかけなしでどうする。

トロイの木馬が入場する。ピラミッドが組み上がる。

奇術師　できます。

侍従 なんと強情なやつだ。

詩人 侍従閣下。

侍従 さがっとれ。ユダが首を吊った樹(13)を地面からにょきにょき生やすことなど、できはせん。この侍従長の目のまえに、はだかのヴィーナスをぱっと出すなんてことはできはせん、しかけなしではな！

全裸のヴィーナス、侍従のかたわらにぱっとあらわれる。

奇術師 できます。

詩人 侍従閣下！（うつむく）マダム！

ヴィーナス、消える。

侍従 （あぜんとして）いつも思うんだが、君らマジシャンがこういうふうに出してみせる、ああいう女性ね。ありゃいったいなんなのだ？ アシスタントか？

奇術師 ときにはヴィーナス本人です。そのあたりはマジシャンの格によります。

侍従 君のはまあ、つくづくほんものに見えるな。で、出しものはなにかね。

奇術師　おゆるしいただけるようでしたら、場面はわたくしの着想しだいということで。
侍従　それはまた、ずいぶん大胆なおまかせではないか。
奇術師　もちろんご意向はなんなりと。おのぞみでしたらいますぐに、内輪のちょっとしたお楽しみをご覧いただくのもよろしいかと存じます。
侍従　ひとの腹も読めるらしいな。
奇術師　侍従閣下のお考えになっておられることは、宮廷のすべてのひとが気にしていることでもあります。お考えを読むことは、それほどむずかしいことではありません。では閣下、おのぞみどおり、そして街中の女たちも願うとおりに、ある男とある女を、偶然会わせてみせましょう。ここ三月《みつき》というもの、おたがいを避けている、あの二人です。
侍従　ここでか?
奇術師　それも、いますぐ。物見高い女性たちをお呼びください。
侍従　そちは自分に目くらましをかけるのではないか。まあそれがそちの仕事だが。しかし待て。よく考えてみれば、そのくだんの男の花嫁は、宮廷に参内《さんだい》するしたくの仕上げのまっさいちゅうだ。男は花嫁をうっとりと眺めておろう。いっぽう女のほうはといえば、宮廷には顔を出さんよ。恨みと嫉妬でそう誓いをたてておる。

奇術師　なるほど。ですが、うら若い花嫁の手袋をたまたま犬がくわえて、この広間まで運んできてしまったら、とご想像ください。花婿はどうするでしょう？　またいっぽうの女のほうは、飼っている小鳥がカゴから逃げて、こちらのほうに飛んできたら？　かわいがっている鳥ですので、当然……。

侍従　ありえんな。まず槍《やり》をかまえた衛兵がおる。犬を王宮の広間に近づけてはならんと厳命されとる。おまけに陛下のハヤブサがおるわ。二羽とも目かくしなしで、小鳥のカゴのちかくに放し飼いにされておる。

奇術師　なるほど。しかし衛兵といえども、バナナの皮ですべって転ぶことがあります。ハヤブサも、カモシカに気をとられて小鳥を見ていないかもしれません。

侍従　バナナもカモシカも、この国では見かけんよ。

奇術師　なるほど……。しかし、つい一時間ほどまえからはそうでもありません。アフリカからのお使いが、謁見を待ちながらバナナの皮をむいていました。貢物《みつぎもの》のなかには砂漠の動物、カモシカの姿も見えました。こと魔術については侍従閣下に勝ち目はございません。わたしの腕をお信じください。観客のみなさんを席にどうぞ。ベルタと騎士ハンスの到来をごらんいただきましょう。

侍従 ご婦人がたをお呼びしろ。

詩人 侍従閣下、どうしてそう意地の悪いことをなさるんです。

侍従 どのみちいつかは起こることだ。宮廷人の口をふさぐなんぞ、できんことは知っとろう。

詩人 それはそれ。わたしたちの仕事はちがうはずです。

侍従 親愛なる詩人よ。君も我輩の年になればだな、人生なんぞ、どうにも間のびした芝居のようなものだとわかる。こう、とんとんと時をえた進行というものが欠けとること、あきれるばかりだ。どの場面も遅れるから、大詰めまでがぬるくなるのを、わしなんぞ何度見たことか。愛しあうあまり死なねばならん二人がだ、やっとそこまでたどりついたときには、もはやご老体になっておる。しかしだ、さいわいここにマジシャンがいる。いまこそ、たんに好奇心をみたすだけではない、人間たるものの情熱がもとめるすべにのっとって、人生を早回しにしてみせるぜいたくを味わえるというものだ。

詩人 だからって罪もない花嫁を犠牲にしなくても。

侍従　罪もないと言ったってねえ、若いな、君も。だってその罪もない犠牲者が、騎士に誓いを破らせたわけだろう。遅かれ早かれ、罰はくだらねばならん。ベルタとハンスが今日出会って、おたがい言いわけをすませてくれるなら、われわれとしては人生で半年は節約できる。さらに二人が朝に手をとりあい、夕べにいだきあうところまで進むなら、キッスを秋だか冬だかまで、先のばしせんですむ。どのみち、なりゆきの道筋は変わりゃせんのだ。しかもより深く真実で、より力強く、かつ斬新だ。これぞ現実の人生をこえた芝居の醍醐味、すえた匂いもせんというもの。さあやれ、マジシャン、やってくれ……！　あの音はなんだ？

小姓　槍もちの衛兵がころびました。

侍従　万事順調。

詩人　侍従閣下！　人生を早回しにするなんて冒瀆《ぼうとく》です。人生の味わいになっている要素が二つとも消滅します。つまり、気ばらしと怠惰ですね。それに騎士どのとベルタさんが一生会わずに終わるということだってあるでしょう、なんの気なしにであれ、習慣であれ……。あの叫びはなんです？

小姓　カモシカです。ハヤブサたちに目をつつかれています。

侍従　完璧！　よし隠れよう。いやあマジシャン、今日は一日、こういう調子でとんとんと、ってわけだな？

奇術師　さ、鳥がきました。

第二場

ベルタ　ハンス

ハンス　（手袋を拾いながら）ああもう、やっと見つけた！

ベルタ　（小鳥をつかまえながら）ああもう、やっとつかまえた！

二人、たがいのかたわらをすれちがうが、気づかない。

第三場

侍従　奇術師　詩人　貴婦人たち

隠れていた見物人たち、顔を出して騒ぐ。

詩人　ああ、よかった！

貴婦人たち　侍従さま、からかってません？

侍従　マジシャン、これはどういうおふざけだ。

奇術師　さきほどおっしゃっていたような、進行の手ちがいですな。いま修正します。

侍従　あの二人は会うのか、会わんのか、どっちだ。

奇術師　もちろん会います。ぶつかるようにいたしましょう。

一同、柱の陰に戻る。

第四場

ベルタ　ハンス

ハンス　（もう片方の手袋をひろって）ふう、これで揃った。
ベルタ　（ふたたび小鳥をとらえて）もう、また逃げるんだから。
二人、はげしくぶつかる。ベルタがころびかけるのをハンスは両手でささえる。
たがいに相手に気づく。
ハンス　あっと失礼。ベルタ。
ベルタ　こちらこそ、騎士さま。
ハンス　かなり痛い思いをされましたか。
ベルタ　ぜんぜん。なにも感じませんでした。
ハンス　ぼくは男として最低ですか。

ベルタ　ええ。

二人、ゆっくり離れてそれぞれの方向へむかう。ベルタ、ようやく立ちどまる。

ハンス　ハネムーンは楽しくていらした？

ベルタ　最高でした。

ハンス　金髪のかたとね？

ベルタ　金髪です。あれが通ると、太陽が通る。

ハンス　夜中でも陽に照らされる……。わたし日陰のほうが好き。

ベルタ　ひとそれぞれです。

ハンス　じゃ、あのときはいやいやだったんでしょうね。あの出発の日、樫《かし》の樹の木陰で、わたしを抱きしめてキスしたとき。

ベルタ　ベルタ！

ハンス　わたし、いやじゃありませんでした。とても好きでした。

ベルタ　ベルタ！　妻が近くにいるんです。

ハンス　腕のなかで、いい気持ちでした。いつまでも、いい気持ち。

ハンス　その腕をふりほどいたのはあなたのほうだ。一分もしないうちに、自分の友だちのところへぼくをつれて行った。みせびらかしたんでしょう？　でも、あなたの気持ちがぼくにはわからなかった。
ベルタ　ひとは指輪を見せるとき、指から抜くでしょう。婚約指輪だって、おなじこと。
ハンス　でも指輪にとっては、わけがわからない。残念です。
ベルタ　ものごとの環《わ》はそういうもの。指輪は、どこかよそのベッドの下へ転がっていった。
ハンス　なにを言いたいんです。
ベルタ　ベッドと言ったのはたしかにまちがいね。お百姓さんの家では納屋に寝るんでしょう？　干草を敷いて。愛しあって夜があけたら、きっとご自分の服にブラシをかけたんでしょうね？
ハンス　うかがうかぎり、ご自分はまだそういう夜を過ごしたことがなさそうですね。
ベルタ　ご心配なく。いずれ訪れます。
ハンス　もちろん。でも言っておきます。好きな相手は遠ざけないことですね。距離ができれば、たとえ信じてはいても、おもかげは薄くなる。
ベルタ　安心してください。これからはそのひとを、もう離しません。

ハンス　その相手が誰であろうと、身勝手な気持ちで自分のそばから離したりしないことです。不毛な、死の危険にむけて、つき離したりしないこと。

ベルタ　その森のなかで、ご自分は怖くてたまらなかったわけですね？

ハンス　あなたは傲慢だとみんなが言いますよ。めあての男にたいしては、ためらわずに行動にうつすことです。相手に会ったら、たとえ宮廷中の人間が見ていても、抱きしめてキスをするといい。

ベルタ　そうしようと思っていました……。たまたまここには誰もいませんけれど！

ベルタ、ハンスにキスをする。ついで逃げ去ろうとする。ハンス、ひきとめる。

ハンス　ベルタ！　あなたが！　プライドと思い上がりのかたまりのようなひとが！

ベルタ　わたしは謙虚のかたまり！　むこうみずのかたまり！

ハンス　いったい、いま、どういう遊びをしたんです。どうしたいんです。

ベルタ　手を放してください。小鳥をもっているんです。

ハンス　妻のことは心から好きです。どんなものもぼくをひき離せない。

ベルタ　これ、ウソという鳥です。鳥が窒息します。

ハンス　ぼくが森にのみこまれてしまっていたら、あなたはきっと、ぼくのことを思い出しもしなかったんだ。でも幸せに戻ってくれれば、それはそれでこちらの幸せが、がまんならない……。鳥を放してやってください。

ベルタ　いやです。小鳥の心臓がとくとくいっている。自分の心臓だけでなく、いまはこの子の心臓もわたしの近くにいてほしい。

ハンス　そこになにを隠してるんです。見せなさい。

ベルタ　（死んだ小鳥を見せて）どうぞ……。あなたが殺したんです。

ハンス　もうしわけない。

ハンス、片膝をつく。ベルタ、それを一瞬眺める。

ベルタ　隠しているもの？　わたしの秘密やわたしのあやまちを知りたいですか？　ご存じだと思っていました。わたしが信じていたのは、栄光でした。わたしの栄光ではなくて、好きなひとの栄光。子どものころからもう決めていた、そのひとの栄光です。まだちいさかったころ、ある晩、樫の樹に、そのひとの名前を刻んでおきました。樫の樹といっしょに、刻んだ名前も毎年大きくなっていきました。

わたし、女というのは、男のひとをただ食事や休息や眠りに案内するだけの案内役ではないと思ってきました。ほんとうの狩人のために獲物を狩り出す、狩子《かりこ》だと思ったんです。そのひとのまえで、世界はいつも未知のもので、とらえきれないものでありつづける。あなたのまえに竜や一角獣を狩り出す力が自分にはある、死にいたるまで狩り出しつづける力があると思っていた。わたしの髪、黒いでしょう？　だからあの暗い森のなかで、わたしの婚約者はわたしの光のなかにいるって信じていました。どの陰のなかにも、きっとわたしの姿を見る。どの闇の奥にも、きっとわたしのしぐさが見える。その名誉、その暗闇の栄光の中心へと、そのひとを駆り立てていきたかった。そこでわたしはただの呼び笛でしかないし、ごくささやかなシンボルでしかない。でも、こわくはなかった。そのひとは夜に打ち勝つ、勝利のひとになるとわかっていました。なぜってわたし自身がそのひとに征服されたから。そのひとには黒の騎士になってほしかった……。ところがある晩、世界中のモミの樹が、金髪のひとのまえでいっせいに枝をたたんで道をひらいてしまった。そんななりゆきが、どうしてわかります？

ハンス　ぼくにだって、どうしてわかります？

ベルタ　これがわたしのあやまち。お話ししました。もう疑問はないでしょう。もし誰かの名前を刻むことがまたあるなら、やわらかいコルクの樹にしますね。栄光をうける男のひとはひとりだけ、なんて、いまでは悪い冗談でしかない。栄光をうける女はひとりだけ、なんて、それもありえない……。ばかなわたし。お別れを言います。

ハンス　すまない、ベルタ。

ベルタ　（ハンスの手からウソをとって）ください……。埋めてやります。

二人、それぞれの方向へ去る。

第五場

侍従　奇術師　詩人　貴婦人たち

奇術師　というわけです。わたしが手配しなければ、こういう場面はみなさん冬までおあずけだったでしょう。
詩人 もうたくさんです。やめましょう。
侍従 とんでもない、つづきだ、つづき。はやく見たい。
貴婦人一同 つ・づ・き、つ・づ・き!
奇術師 よろしいように。どの場面ですか?
貴婦人 ハンスさんが決闘をして、けがをさせた相手の騎士にかがみこんだら、胸を見てベルタさんだと気づく場面。
奇術師 マダム、それはべつのお話です。
侍従 ベルタとハンスが、はじめてオンディーヌのことを話題にする場面。
奇術師 翌年の場面ですな……? いいでしょう。

貴婦人一同、いきなり侍従の顔を見る。

侍従 わしの頰に、なにがついたんだ?
奇術師 ああ、それがこのしかけの具合の悪いところですな。つまり半年分のひげが生えてくるわけです。

一同、ふたたび姿を隠す。

第六場

ベルタ　ハンス

一人は庭園から、一人は中庭から、ぶらぶらと歩いてくる。

ベルタ　探してたんです、ハンス！

ハンス　探してたんです、ベルタ！

ベルタ　ハンス、わたしたちのあいだにわだかまりが残らないようにしたいんです。わたし、オンディーヌの友だちになるのでなければ、あなたの友だちにもなれません。今晩、あのひとを貸してください。わたし『アエネーイス』(14)と『悲しみの歌』[15]の本を書き写してるんですけど、挿し絵も自分でかいてるの。オウィディウスの涙に金箔を貼るのを手伝ってくださるといいと思って。
ハンス　それはありがとう、でもどうかな……。
ベルタ　オンディーヌは、あまりものを書いたりしないほう？
ハンス　そうじゃない。字が書けないんです。
ベルタ　それはいいですね！　自分で書かなければ、ほかのひとが書いたものに文句をつけずに読めるでしょう？　小説だって、作家をうらやましいと思わないで読めるし。
ハンス　そうじゃない。なにも読みません。
ベルタ　小説がきらいなんですか？
ハンス　そうじゃない。字が読めないんです。
ベルタ　それはうらやましいわ！　えせ学者やえせ信者のまっただなかに、妖精のようなひとを迎えることになるわけね。どんなになごむでしょうね。自然そのままのひとが、ただ気持ちどおりに踊りや音楽にうちこむところを、やっと見られる。
ハンス　見られないと思います。

ベルタ　そこまで箱入りにしておきたいんですか?
ハンス　そうじゃない。踊れないんです。
ベルタ　冗談でしょう。あなたがそんな女性と結婚したなんて。読めない、書けない、踊れない?
ハンス　結婚したんです、そんな女性と。朗誦《ろうしょう》もできない、たて笛(16)も吹けない。馬にも乗れない。狩りに行くと泣き出す。
ベルタ　なにならできるんですか?
ハンス　泳ぐのはできます……。すこし。
ベルタ　天真爛漫。でも気をつけないと。ものを知らないというのは、宮廷ではあまりいいことにはなりません、うるさい知識人がおおぜいいますから。オンディーヌをどんなふうに紹介なさるんですか?
ハンス　そのままで。だいじな妻として。
ベルタ　無口な妻として、それともおしゃべりな妻として?　口をきかないことをわきまえていれば、ものを知らなくてもそれなりに通せます。
ハンス　そこなんです、ベルタ。そこが不安でしかたない。オンディーヌはおしゃべりなんです。ところが、宮廷人としての作法は自然の世界からならったものだけ。文法はアマガエルから、言葉づかいは空をわたる風から。いまはちょうど、馬に乗って競う槍試合や狩りのシーズンでしょう。ああいうものをオンディーヌが見たとき、どういう言葉が出てくるかと思うとこわいんです。槍のかわしかた、馬場での姿勢、急旋回のしかた、それぞれ呼び名が決まっていますね。それを教えてはいるんですが、だめです。専門用語や知らない言葉が出てくるたびに、キスされるだけ。きのうも、槍の最初の攻め手を教えようとしましたが、あそこだけで用語が三十三。

ベルタ 三十四。

ハンス ああ、ばかだな、喉あてはずしがあった。三十四です。ベルタ、すばらしい！

ベルタ キスしたはずみで、ひとつ紛れたんでしょう。オンディーヌを貸してください。わたしと一緒ならなにも心配ありません。騎馬試合も狩りも大丈夫。

ハンス とくに知らないとこまるのは、うちの家系、ヴィッテンシュタイン家が伝えてきた型と技《わざ》なんです。ただ、それは秘伝ですから。

ベルタ ほとんどわかります。聞いてみてください。

ハンス　こたえられたら一目《いちもく》おきますよ。闘技場に入るとき、ヴィッテンシュタイン家の盾につける色は？

ベルタ　ロイヤルブルー。割り紋は、しっぽの切れたリス。

ハンス　おみごと！　障害を跳びこすときのヴィッテンシュタイン家の姿勢は？

ベルタ　槍は直角、軍馬は側対歩《そくたいほ》。(17)

ハンス　あなたは騎士にとって理想の妻になれますね。

二人、一緒に退場。

第七場

侍従　奇術師　詩人　貴婦人たち　ついで小姓

侍従　すばらしい！　しかしハンス・ヴィッテンシュタインはよくわかっとるな。貴婦人ベルタはなんでもできる、なんでも知っておる。理想の妻だ。つまり、写本をしながら朽ちはてるというわけだ。さてマジシャン、三つめの場面に行こう、いやあ、全員わくわくしとるぞ。

貴婦人　はだかのオンディーヌが月の光に照らされて、精霊たちと踊っているのをベルタが見る場面。

奇術師　マダム、また筋が混乱します。

侍従　ベルタとオンディーヌが対決する場面はどうだ。

詩人　せめて一年くらいお待ちになりませんか。

小姓　侍従閣下、そろそろ宴会のお時間です。

侍従　無念。わかっとる。あとはあのヴィッテンシュタインの奥方のところへ行って、なにかと言いきかせる時間しかのこっておらん。あのおしゃべりなこと、しかもひとの忠告をまるっきり聞かんときておる。せめて今日は無作法のないようにさせんと。とはいえ、マジシャン、わしのいない間に、なにかちょっとした場面をやってもかまわんぞ。

奇術師　では、ごくささやかな場面でも。

侍従　この筋だてとはぜんぜん別の場面だろうな？

奇術師　まったく別です。わたしがひいきにしている年寄りの漁師はよろこぶと思いますが。

侍従、退場。
いっぽうの袖からヴィオラント登場。
反対方向からはオーギュスト。

第八場

オーギュスト　ヴィオラント

オーギュスト　（ヴィオラントのほうへ歩みよって）ヴィオラント伯爵令嬢さまですか？

ヴィオラント　そうです（相手のほうに身をかがめる。オーギュスト、その目のなかに金色のカケラを見る)。なにか？

オーギュスト　いえ、なんでも……。やっぱり……。すばらしい。失礼します。

二人、消える。

第九場

オンディーヌ　侍従　詩人　貴婦人たち

ついで奇術師　さらに小姓　ハンス　ベルトラン

侍従、オンディーヌの手をとって階段をおりながら、

礼儀作法をおさらいさせている。

侍従　ぜったいだめです！

オンディーヌ　でも、そうできればすごくうれしいんだけど！
侍従　宮廷の第三級のパーティーを水上まつりに変更させるなんて、じっさいにできないことです。そもそも財務省がうんと言いません。池に水をひくたびに莫大な費用がかかるんですぞ。
オンディーヌ　ただでやってあげます。
侍従　もうおやめなさい！　たとえ国王陛下が魚の王子を出迎えるとしても、陛下は財政をかんがみて、王子に水から出てもらったところで謁見されます。
オンディーヌ　水の中なら、あたしすごくやりやすいんだけど。
侍従　わたくしどもには、やりやすくありません。我輩にもです。
オンディーヌ　やりやすいですよ。あなたなんてとくに。だってほら、手が湿ってるでしょう？　水の中なら、わかりません。
侍従　手など、湿っておりません。
オンディーヌ　湿ってます。さわってみてください。
侍従　奥方、ほんのいっとき我輩の意見をお聞きいただくことはできますかな。今日の午後、無作法をしたり騒ぎを起こしたりしないですむための意見ですが。

オンディーヌ　それはもう、一時間でも二時間でも。

侍従　途中でさえぎりませんか？

オンディーヌ　誓います。かんたんですわ。

侍従　よろしいですか、宮廷というものは神聖な場でありまして……。

オンディーヌ　あ、ごめんなさい、ちょっと待って！

オンディーヌ、離れてひかえていた詩人のほうに近寄る。

詩人、オンディーヌのまえに出る。

オンディーヌ　あなた、詩人のかたですよね。

詩人　そう言われております。

オンディーヌ　あんまりきれいではないですね。

詩人　そうも言われております。もっとこっそりと、ですが。ただ詩人の耳というものは、ひそひそしたささやきばかり聞こえるようにできております。ですから、ますますよく聞こえます。

オンディーヌ　詩を書いても、きれいになれませんか？

詩人　わたくしは、詩を書き始めるまえはいまよりもっと、醜かったものです。

オンディーヌ、詩人にほほえむ。

詩人、さがる。

オンディーヌ　（侍従のまえにもどり）すみません。

侍従　よろしいですか、宮廷というものは神聖な場であります。そこではしっかりわきまえて、踏みはずしてはならんことが二つあります。言葉づかいと、表情。怖いときには勇気のあるふり。嘘をつくときは正直そうに。たまたま心から信じていることを言うときは、逆に嘘をついてるふりをするのもまたよろしい。そうしますと、真実にあいまいな殻をかぶせることになって、まあ、いかにも心にもないことを言うよりはましというわけです。たとえば、さきほどなさった無邪気なものいいを例にとりましょう。日ごろは我輩、焦げくさい匂いを例にとるんですが、この際それはおくとして、そうです。我輩の手は湿っとります。それも右手は湿っていて、左手は乾いてかさかさ。夏などは焦げそうになる。で、そうです。子どものころから自分でもそれを知っておる。そして悩んできた。我輩が右手で乳母の胸にさわれば、相手は手ではなく唇だと思いこむ。これは我輩のご先祖のオニュルフ殿のせいだという言いつたえもある。そのひとがうっかり聖油のなかに手をつっこんだからだというんだが、それでなぐさめになるわけでなし……。しかしですな、この右手がいかに湿っておろうと、我輩の腕は長いのです。陛下の玉座にさわれるくらい長い。ご褒美もご叱責もいただける身分ですぞ。その我輩から不興をこうむれば、陛下からお引きたてを願うのは、きわめて難しくなりますぞ。あなたの夫にとっても難しくなります。とりわけ、ひとの身体の欠陥などをあげつらったりすればです。いや、とくに問題なのが、身体の欠陥をあげつらうことですな。というのも、我輩には道徳的な欠陥がありませんからな。さあ、それでは奥方、我輩の忠告にしたがって言ってみてください。わきまえを知った宮廷婦人として、この手はどんな感じですかな？

オンディーヌ　湿ってます……。その足も湿ってます。

侍従　わかっとらん！　あなたはですな。

オンディーヌ　あ、ちょっといいですか？

侍従　いかん、ぜったいにいかん！

オンディーヌ、ふたたび詩人のほうへ行く。

詩人、ふたたびオンディーヌのほうへ歩み出る。

オンディーヌ　いちばん最初に書いた詩ってどんなでしたか？

詩人　いちばんできばえのいい詩でした。

オンディーヌ　どんな詩よりも？

詩人　どんな詩よりも、すばらしいできばえでした。あなたがどんな女性よりもすばらしいのとおなじです。

オンディーヌ　自慢しながら謙遜するのね。その詩、朗読してみてください。

詩人　あいにく、おぼえておりません。夢の中で書いて、目がさめたら忘れていました。

オンディーヌ　いそいで書いておけばよかったのに。

詩人　じつはわたしもそう思ったんです。それで、書きました。ですがちょっといそぎすぎました。夢の中で書いてしまって。

オンディーヌ、優しく笑う。詩人、ふたたび離れる。

侍従　奥方、よろしい、我輩の手が湿っとるということを認めましょう。まあ宮廷中のひとの手にさわってみれば、あなたの考えも変わるかもしれませんが、とにかく認めるとして、で、我輩が認めたということも認めるとして、しかしですな、もし相手が国王陛下でも、手が湿ってるとかなんとか言うおつもりですかな。

オンディーヌ　もちろん言いません。

侍従　たいへんけっこう！　それは国王陛下だからですな？

オンディーヌ　ちがいます。王さまの手は乾いているからです。

侍従　しまつにおえん！　もし湿っていたとして、ということですよ！

オンディーヌ　だってそれは言えないじゃないですか、湿ってないんだから！

侍従　しかしですな、じゃ、もし陛下が鼻のうえのいぼについてお尋ねになったら、どうするんです？　陛下におかせられてはいぼがおありなんだが、こんなことを大声で言わせんでくれ、頼みますよ。それで、わしのいぼが何に似てるかね、とおおせになったら、どうこたえるんです。

オンディーヌ　はじめて会う相手にむかって、このいぼが何に似てるか、ひとつ尋ねてみよう、なんて王さまが思うわけないじゃないですか。変ですよ。

侍従　だから原理原則の話です。わからせてあげようと思えばこそです。かりにですよ、あなた自身にいぼがあったらですよ、ひとがそれについて、じゃあどう言ってくれたらうれしいですか。

オンディーヌ　あたし、いぼはぜったいにできませんから。いずれおわかりになると思いますけど。

侍従　つける薬がない。

オンディーヌ　青海亀《うみがめ》にさわるといぼになるって、ご存じですか?

侍従　それがどうしました。

オンディーヌ　なまずをこするとアレッポ腫《しゅ》っていう腫《は》れ物ができるんですよね、あれほどひどくはないですけど。

侍従　さようですか。

オンディーヌ　あと、うなぎを絞め殺すと魂がいやしくなるけど、それよりいいです。うなぎって高貴な生きものなの。殺すときは、血を流し切ってしまわないとだめなんです。

侍従　がまんならん!

詩人　奥さま、侍従閣下がおっしゃりたいことは、ようするに、醜いひとに醜いと言ってつらい思いをさせることはない、というだけのことです。
オンディーヌ　しかたがないものね。あたし、どう見えます？
侍従　つまり、礼儀というものはある種の投資、それも最高の投資だとご理解ください。年をとったときにもですな、その投資のおかげで、「お若いですね」と言ってもらえる。醜くなったときにも、「おきれいですね」。わずかな投資をしておいたおかげですぞ。
オンディーヌ　でもあたし、年はとりませんから。
侍従　なんという子だ！
オンディーヌ　賭けますか？　あ、ちょっとすみません！

詩人のほうに駆けよる。

侍従　奥方！
オンディーヌ　あれが世界でいちばんきれいな場所って、どこだと思います？
詩人　水のことですね？　ベラドンナやオダマキソウにしぶきをはねさせながら、岩肌を落ちていくところなんて、文句なしだと思います。

オンディーヌ　つまり滝？　水が世界でいちばんきれいなところが滝？　頭どうかしてません？

詩人　わかりました、海のことをおっしゃってるんですね。

オンディーヌ　海？　水が塩辛いところ？　死ぬまで踊らされているところ？　あたしを侮辱するつもり？

侍従　奥方！

オンディーヌ　また呼ばれちゃった。つまらない、あたしたち、せっかくわかり合えてきたのに。

オンディーヌ、侍従のほうへ戻る。

侍従　あの二人ときたら、なにを話しとるんだ！　奥方、このけいこはまた後日ということにします。あとはきっかり、今日、国王陛下があなたになさるご質問についてお教えする時間しかありませんぞ。陛下が、はじめてお目どおりされるかた全員になさるお尋ねがあります。それは、ご自身のお名前がそれにちなまれたという英雄、ヘラクレスについてです。これはですな、陛下がゆりかごの中におられたころ、うっかり通り道をまちがえたトカゲをおん尻の下でつぶされた、ということから命名されたのであります。あなたは今年六番目のお目みえですから、陛下にあらせられてはヘラクレスの六番目の手柄(18)についてお尋ねがあるはず。よく聞いてくださいよ、くりかえしてもらいますからな。頼むから、そこの詩人とおしゃべりするために話の途中でいなくなるのは、もうやめていただきたい。

オンディーヌ あ、ちょうどよかった！　忘れてました！　思い出させてくださってどうも。急ぐんです！

侍従 たったいま、いかんと言ったじゃないですか！

オンディーヌ、詩人のまえに走り寄る。

オンディーヌ あなたって、すてき！

詩人 おそれいります。ですが侍従閣下がお待ちです。急ぎのお話というのはどんなことでしょう？

オンディーヌ それはですね……。

侍従　あの二人、頭がどうかしとるんじゃないか。奥方！

オンディーヌ　さっき言った、水が世界でいちばんきれいなところ、あれは水源なんです。水が湧《わ》くところ。海の底や、春に湖の底で水が湧き出すところ。その噴き出す場所をさがす遊びがあるんです。水の中に、いきなり、そこだけもがいている水の出口があって、それを両手でぎゅっとおさえこむの。手にふれるのは水だけなんだけど、その水が手の中にどっとあふれるのね。そういう場所が、このすぐ近くにもあるんです、池の中です。その水源のうえに行ってみて。そして水の面《おもて》に自分がどう映るかを見てみてください。ほんとうのあなたが見えます。人間のうちでいちばんきれいなひとが見えるはず。

詩人　侍従閣下の教えが実をむすんで、お上手になられましたね。

侍従　ヴァルター、君に責任ありとみなすぞ。奥方、それでヘラクレスがですな、魚を殺したときに……。

オンディーヌ　ヘラクレスが魚を殺した？

侍従　そう、とびきり大きいのをです。レルネのヒュドラ(19)です。

オンディーヌ　それなら、耳をふさぐ。殺し屋のことなんて知りたくない。

侍従　手におえん。

外で大きな物音がする。奇術師登場。

侍従　今度はどういう場面なんだ？

奇術師　このあと始まる場面ですか？　これはわたしが準備したものではありません。

貴婦人　それってハンスとベルタの、はじめてのキスシーンとか？

奇術師　いや、もっと悪い場面です。ハンスとオンディーヌの、最初のけんかです。そういうタイミングですので。

ハンス登場。

小姓　奥方さま、騎士さまがおみえです。

オンディーヌ　はやくきて、ねえハンス、このえらい先生が嘘をつけって教えるんだけど。

ハンス　待って、ぼくもこのひとに話がある。

オンディーヌ　あの人の手にさわってみて、すごく乾いてるから……。ね、侍従さん、嘘がうまいでしょう？

ハンス 静かにして、オンディーヌ。
オンディーヌ いや、あなたすごく醜い。きらい。これは嘘じゃないから。
ハンス 黙れったら！ 侍従閣下、テーブルの席順ですけど、ぼくの場所はどういうことです？ サルムより下なんですか？
侍従 ま、そういうことですな。
ハンス ぼくは国王陛下から三番目の席で、銀のフォークを使う資格があります。
侍従 使う資格がありました。ある見通しが実現していれば、ですな。そうすれば国王陛下のすぐとなり、第一席で、金のフォークだって使えたはずでした。しかし今回の結婚により席順は四番目、スプーンは……。
オンディーヌ それがいったいどうしたの、ねえハンス！ あたしお料理見たんだから。牛がまるまる四頭よ、たっぷり全員ぶんあるわよ。

笑い声。

ハンス ベルトラン伯爵、なにがおかしいんです。
ベルトラン 騎士どの、心が明るくなると、笑いが出るものです。

オンディーヌ ひとが笑ったっていいじゃない、ハンス、とがめなくても。
ハンス 君を笑ってるのに。
オンディーヌ べつに、いじわるで笑ってるんじゃないと思う。あたしがおもしろかったのよ。あたしは意識していなかったけど、でもおもしろかったんじゃない? 共感して笑ったっていうか。
ベルトラン 奥様、そのとおりです。
ハンス 共感しようとなんだろうと、自分の妻を笑われるのはごめんだ。
オンディーヌ わかった、じゃあこのひと、もう笑わないと思う。あたしを困らせたいわけじゃないから。ね? 伯爵さま。
ベルトラン お心に沿わないことは万事つつしみます。
オンディーヌ あのひとを悪く思わないでください。あたしに関することをこんなに気にしてくれるって、あたしとしてはうれしいんです。
ベルトラン 気にかける権利があるのはおひとりだけですから、うらやましいですね。
ハンス ベルトラン、誰もあなたの意見は聞いてません。
オンディーヌ あたしが聞いてるの。あなた、侍従さんの授業をうける必要があるんじゃない。そんなにぴりぴりしないで、あたしをみならってよ。雷だって洪水だって、この唇のほほえみは消せません。

奇術師、オンディーヌのそばにくる。オンディーヌは叔父であると気づく。

オンディーヌ　（おさえた声で）叔父さま、きてたの？　その変装どういうこと？　なにたくらんでるのよ。

奇術師　あとでわかる。おまえによかれと思ってやってるだけだ。めいわくだったらすまん。

オンディーヌ　ひとつ条件をきいてくれたら、ゆるす。

奇術師　聞こう。

オンディーヌ　叔父さま、あたしおだやかな気持ちでいたいの。このパーティーの間だけでいいから、ほかのひとたちが考えてることがわからないようにして。いつもそれで失敗しちゃうんだから。

奇術師　わたしはなにを考えてる？

オンディーヌ　（相手の思考を読みとって、ぞっとする）帰って！

奇術師　すぐにわたしが必要になるよ、オンディーヌ。

国王の入場が告げられる。

第十場

前場の人物　王　王妃　随身たち　ベルタ

王　騎士よ、よくきた！　かわいいオンディーヌ、よくきた！

オンディーヌ、ベルタに気づく。あとはベルタしか目に入らないようす。

侍従　奥方、ご敬礼ください！

オンディーヌ、機械的なおじぎ。視線はベルタから離れないまま。

王　うるわしい子よ、余のふところにあれと思う者のひとりとして、そなたをこの場にむかえよう。ここはヘラクレスの間《ま》じゃ。ヘラクレスは余の憧れでな、余の名前でもある。余がもっとも気に入っておる名じゃ。この名はヘルケレウスにちなんだという説もあるようだが、まったくの間違いじゃ。ヘルケレウスはアマガエルを集めた人物じゃが、ヘラクレスの伝説にはアマガエルなど登場せん。ヘラクレスの生涯に、およそかかわりない動物といえば、カエルだけじゃ。ほかはライオン、虎、ヒュドラ、どれもあるが、カエルはない。そうであろう、アルキュアン博士[20]！

アルキュアン博士　ヘーラクレースとヘルケレウスの違いということですと、陛下、まず語頭の有気音を問題にしなければなりませんな。また語末が長音エータではなくて、短音エプシロンひとつという違いもございまして。

王　ああ、余はしゃべりすぎたようじゃ。オンディーヌ、してヘラクレスの手柄じゃが、そなたも知っておろう、ヘラクレスの手柄は全部でいくつであったかな？

侍従　（ささやく）九つ。

オンディーヌ　（ベルタを凝視したまま）九つです、王さま。

王　そのとおりじゃ。侍従のささやきがいささか強すぎたようだが、そなたの声もうるわしいものであるな、みじかいひとことではあるが。さて、ヘラクレスの六番目の手柄をことごとくささやくことは侍従にとってても手にあまるであろう、しかし、かわいいオンディーヌよ、それはそちの頭上に書かれておる。そこの余白にな。見るがよいぞ！ ヘラクレスを誘惑しようとしておるその女、うつくしい顔とよこしまな心をもったその女の名はなんという？

侍従 オムパレ(21)。

オンディーヌ ベルタです。

王 なんと申した？

オンディーヌ、ベルタのほうへ歩み寄る。

オンディーヌ あのひとは手に入りません！

ベルタ なにが手に入らないんですって？

オンディーヌ かれはぜったい、あなたのものにはなりません。ぜったい無理！

王 この娘はどうしたのじゃ。

ハンス オンディーヌ、陛下がお言葉をかけてくださってる。

オンディーヌ　かれにひとことでも話しかけたら、手を触れたら、殺しますからね。
ハンス　オンディーヌ、口をとじろ！
ベルタ　ばかじゃないの！
オンディーヌ　ああ王さま、あたしたちを助けてください！
王　かわいい子よ、なにから助けるのだ？　そなたの誉《ほまれ》を祝うために設《もう》けたこの宴《うたげ》の席で、いったいどんな危険がある？
ハンス　妻をおゆるしください、陛下。わたくしにもおゆるしを。
オンディーヌ　口をとじるのはそっちでしょう！　とっくにむこう側についてるじゃない。全員と、ぐる！　自分で思ってなくても、お楽しみの一部になってるじゃない！
王　オンディーヌ、説明してみよ。
オンディーヌ　だって王さま、ほんとにひどすぎませんか！　自分が世界のすべてを捧げた夫があって、そのひとは強くて、勇敢で、きれいで……。
ハンス　オンディーヌ、頼む。
オンディーヌ　黙って。なにを言ってるかくらいわかってるわよ。あなたはばかなのよ、でもきれいなのよ。で、それを知らない女はいないのよ。女はみんな思うの。こんなにきれいで、こんなに頭が悪いなんて、なんてつごうがいいんだって。抱きしめられてキスされたらいい気持ち、だってきれいだから。誘惑するのもかんたん、だってばかだから。腰のまがった夫や気のちいさい婚約者とでは味わえないものが手に入る、だってきれいだから。でも本気になって泥沼にはまる心配もない、だってばかだから。

ベルトラン すばらしいひとだ。

オンディーヌ (ベルトランに)わたくし正しくありません?

ハンス オンディーヌ、なにを考えてるんだ。

オンディーヌ お名前、なんておっしゃるんですか。あたしをすばらしいとみとめてくださったかた。

ベルトラン ベルトランともうします。

ハンス 黙っていてください。

ベルトラン ご婦人から名前をお尋ねいただいたときは、おこたえすることにしてましてね。

王　それはけっこうじゃ。
侍従　子爵ご夫妻が拝謁《はいえつ》にみえておられます。
ベルタ　お父さま、ご自分の養女が田舎娘に侮辱されております。それもご自分のお城のなかでです。目にあまるとお思いになりませんか。
ハンス　陛下、失礼して、ながのお暇をたまわりとうございます。これは愛らしい妻ではありますが、世間にむいてはおりません。
オンディーヌ　このひとたちに迎合するのね。このひとたちは嘘つきそのものよ！
王　オンディーヌ、ベルタは嘘つきではない。
オンディーヌ　嘘つきです。王さまにだって、わざと言わないでいるでしょ？　王さまのその……。
侍従　奥方！
王　わしが、祖先のオムパレをつうじて、ヘラクレスとつながりがあることかね？　かわいいオンディーヌよ、そのことを恥じてはおらんぞ。
オンディーヌ　そのことじゃなくて、たんに、いぼのことです。どの王さまのいぼよりも、りっぱないぼ。深い海にいる亀からでなければうつらない、いぼ（失言に気づいて、なんとかとりつくろおうとする）。どこで亀にさわられたんですか？　海のむこうのヘラクレスの柱(22)で？

侍従　辺境伯のみなさまが、ガーター勲章授与のために、御前に参っております。

王　かわいいオンディーヌよ、落ちつくがよい。よしよし、余はそなたが気にいったぞ。この宮殿の天蓋《てんがい》に愛を語る声が響くのはまれなこと、それはなんら余の心をそこねるものではない。しかしそなたの身の幸せのために、余の忠告を聞け。

オンディーヌ　王さまのお言葉でしたら、無条件でお聞きします。

王　ベルタは優しい、誠実な娘じゃ。そなたと仲良くなりたいとのぞんでおるだけじゃ。

オンディーヌ　ああ、ちがいます。百パーセントまちがい。

ハンス　頼む、口をつぐんでくれってば。

オンディーヌ　あのねえ、自分の飼っている小鳥たちを殺す女のどこが優しいの！

王　小鳥というのはなんじゃ？　なぜベルタが鳥を殺さねばならん？

オンディーヌ　ハンスを困らせるためです。

王　誓って言うが、ベルタはそのような……。

ベルタ　お父さま、ハンスが手をとって挨拶してくださったんですけれど、そのときわたし、逃げた小鳥をつかまえて手のなかに持っていたんです。手を強く握られたので……。

オンディーヌ　強く握ってなんかいません。どんなに弱い女のこぶしだって、生きてる小鳥を守ろうと思えば、大理石みたいにかたくなります。陛下、もしあたしが手に持ってたら、あなたのヘラクレスが力いっぱいおさえつけたって平気です。でもベルタは男ってどういうものか知ってるんです。男なんてエゴイズムのばけもののくせに、小鳥が一羽死んだらとたんに慌てふためく。鳥は手のなかにいて無事だったのに、このひとがわざと力を抜いて死なせたんです。

ハンス　強く握りすぎたのはぼくだ。

オンディーヌ　ちがう、殺したのはあのひと！

侍従　陛下、男爵ご夫妻が……。

王　オンディーヌ、誰がやったにせよじゃ、あとはもうベルタをそっとしておくと余に誓ってくれんか。

オンディーヌ　ご命令でしたら、おおせのとおりに。

王 命令じゃ。

オンディーヌ 誓います……。でもあのひとが口をとじるならです。

王 話しておるのはそなたじゃろう！

オンディーヌ あのひと、心の中でしゃべっているんです。ぜんぶ聞こえてます……。ベルタ、黙ってください。

ハンス オンディーヌ、ベルタにおわびするんだ。

オンディーヌ あたしの髪？ 髪がどうしたのよ。あたしは、ぼさぼさの髪のほうがましです、そういうことを言うんなら。その蛇みたいに編んだ髪よりいいわよ。王さま、見てください、髪が毒蛇。

ハンス おわびしろ！

オンディーヌ じゃ、あなたにはあれが聞こえないの？ みなさん、聞こえないんですか？ このスキャンダルであたしはだめになるし、似たようなことが一週間もつづけば夫もうしなって、あとは、かなしく死んでいくだけだって。ね、これがあのひとの言ってることなのよ。優しいベルタがよ、ほら、そう叫んでる。ねえハンス、あの目のまえで抱きしめて。侮辱してやる。

ハンス さわるな。
オンディーヌ あの女のまえでキスして！　あたし、あの小鳥を生きかえらせたの。いま鳥かごのなかで飛びまわってる！
ベルタ ばかじゃないの！
オンディーヌ あなたは殺したんです。あたしは生きかえらせたんです。どっちがばかで、どっちが有罪？
王妃 かわいそうな子！
オンディーヌ 聞こえませんか？　鳥が歌ってる！
王 侍従、幕間劇はどうした？　いまこそ幕間の出番であろうが。
オンディーヌ あたしのこと怒ってないでしょう？　ハンス、ねえ！
ハンス べつに。ただ生き恥をかかされただけ。おかげで二人とも宮廷中の笑い者だ。
オンディーヌ よそへいきましょうよ。ここで善いひとは王さまだけ、ここできれいなのはお妃《きさき》さまだけ。帰ろう。
侍従 （奇術師から合図をうけて）それでは騎士どの、ベルタ姫の手をおとりください。
オンディーヌ ベルタの手？　ぜったいだめ！

侍従 しきたりでございます。

ハンス ベルタ、お手をどうぞ。

オンディーヌ ベルタの手なんてぜったいだめ！ しかもよ、ハンス、わかってよ、聞いてよ、そのベルタがどういうひとか。みなさん待って、聞いて。ベルタ姫がどういうしきたりの世界のひとか！

ハンス オンディーヌ、ひどすぎる！

王妃 わたくしに任せなさい。この子と話してみたいと存じます。

オンディーヌ ああぜひ。あたしもお妃さまにうちあけたいことがあります。

王 イゾルデ、それはめでたい考えじゃ。

オンディーヌ イゾルデ？ 王さま、奥方さまはイゾルデとおっしゃるんですか？

王 知らんのか。

オンディーヌ じゃトリスタン(23)は？ トリスタンはどこ？

王 それは関係ない。さあイゾルデ、落ちつかせてやってくれ。

王妃とオンディーヌをのこして、一同退場。

第十一場

王妃イゾルデ　オンディーヌ

王妃　そなたの名前ですが、オンディーヌ、つまり水の精ということね？
オンディーヌ　はい、じっさいに水の精です。
王妃　年はいくつです、十五？
オンディーヌ　十五です。でも生まれたのは何百年もまえです。死ぬということがないんです。
王妃　それがどうしてわたしたちのところに迷いこんできたの。いったいこの世界のどこが気にいったの。
オンディーヌ　湖のふちから透かして見ていたら、すごくきれいだったんです。
王妃　水から出てきても、まだきれいさは変わらない？

オンディーヌ 目のなかに水をためる方法は、いくらでもあるんです。

王妃 ああ、わかりました！ そなたはハンスの死を考えるのでしょう、死を思うことで、逆にこの世は一瞬ごとに美しく見える。ほかの女たちがハンスをとってしまうというのも、そう思うことで、この世界の女がいつまでも魅力のあるものに見えるからでは？

オンディーヌ でも、ほんとにとろうとしてるんです、そうでしょう？

王妃 とるふりをしているだけ。気にしすぎよ。

オンディーヌ そこがうちあけたいことなんです。お妃さま、あたしの秘密。もしほかのひとがハンスを手にいれたら、ハンスは死ぬんです！ だからほんとにこわいんです。

王妃 安心なさい、そこまで残酷なひとたちではないから。

オンディーヌ ほんとなんです、ほんとに死ぬんです。それはあたしがそう契約したからです。もしあたしを裏切ったら、かれは死ぬって。

王妃 なにを言っているの？ それは水の精たちのおきてなの？

オンディーヌ いいえ。水の世界では、そもそも夫婦がたがいに裏切るようなことは起こりません。たまたま、とても気が動転していたとか、あんまり似ていてそっくりだったとか、でなければ水がすごく濁っていたとか、そういう場合だけです。水の精のあいだではちゃんと了解があって、うっかりまちがえても、知らせたりしないようになっています。

王妃　でも、だったらどうしてハンスが裏切るとわかりますか？　「裏切る」という言葉の意味がわからないでしょう？

オンディーヌ　みんな一瞬でわかったんです、あのひとを見て。裏切るっていうことについて、ハンスがくるまえは一度だって問題にもならなかったのに。でもみんな、馬に乗ったきれいなひとを見たんです。顔は誠実そのもの、口元はまじめそのもの。そしたら「裏切る」っていう言葉が波の底まで走ってきたんです。

王妃　いたましいひとたち！

オンディーヌ　そうなるともう、ハンスがあたしを信じさせてくれるものが全部、みんなには不吉なお告げのようになってしまうんです。まっすぐにものを見るあの視線とか、あのきっぱりした話しかたも、偽善に見えるんです。人間のいう貞節なんて、もうぞっとする欺瞞《ぎまん》でしかないっていうことになる。あのひと、あたしをいつまでも好きだって言ったんですけど。

王妃 つまり「誓いをやぶる」という言葉も水の世界に生まれたのね。

オンディーヌ その言葉、魚たちもわかり始めていました。あたしが湖の脇の小屋から外へ出て、ハンスに好かれているっていう話をして、みんなのことを鼻で笑っても、そのたびに叫ばれるんです、水の泡とかいろんな音で。あたしが鱒《ます》を窓から投げたらあのひと猛烈に怒ってた、だってお腹をすかせてたから、ってみんなに言うでしょう? すると「そうとも」ってカワカマスがいっせいに言うんです。「裏切られるぞ」って。ハムを隠してきた、って言うでしょう? 「そうとも」って鯉がいっせいに言うんです。「裏切られるね」って。お妃さま、鯉ってお好きですか?

王妃 あまり考えたことがないけれど。

オンディーヌ あれって、きたなくてうるさいハエみたい。きたなくてずるい蛇みたい。あたし、鯉のことならよく知ってるんです。鯉たちったら、水の精をつかって、ハンスのことをためしたんです。人間の男について、もしあたしが言われたとおりなら、ハンスは誘惑に負けるはずだと思いました。だって叔父は、エラもヒレもない人間そっくりの水の精を選んで、送りこんできたんです。でもハンスはさわらなかったし、キスもしなかった。あたし、すごく誇らしくて。だから宣言したんです。このひとはぜったいあたしを裏切らないって。でもみんなせせら笑うだけ。それで、ついやりすぎました。契約を結んだんです。

王妃　契約？

オンディーヌ　水の世界には王がいるんです。あたしの叔父なんですけど、叔父はこう言ったんです。この男が、もしもおまえを裏切ったら、殺してしまっていいのかって。もしだめだと言ったら、みんなのまえでハンスを侮辱することになります。ハンスをおとしめることになります。それは自分自身をおとしめることです。それで、いいと言いました。

王妃　きっとみんな忘れますよ、気が変わることだってあるでしょう。

オンディーヌ　ああ！　そんなことを考えないでください。おっしゃるような仕方で、ものを忘れたり、気が変わったり、見逃したりすることがあるのは、人間の社会だけです。それはこの宇宙のなかでは、ごく一部なんです。水の世界は、けものたちの世界や、植物の世界や、虫たちの世界とおなじです。あきらめることもないし、ゆるすこともありません。

王妃　でも、その契約はどうやって効力をもつの？

オンディーヌ　すべての波や水が、いまではハンスを見はってるんです。井戸に近づけば、いきなり水があがってきます。雨が降れば、かれのうえだけ倍も降るんです。もう、すさまじいくらい。おわかりになると思うんですけど、庭でハンスが噴水の横を通ると、水が天まで駆けのぼっていくんです。

王妃　かわいいオンディーヌ、わたくしの忠告を聞きますか？

オンディーヌ　はい、あたしはオンディーヌ、水の精です。

王妃　聞きわけられますよね、もう十五ですものね。

オンディーヌ　あとひと月で十五、生まれてから数百年、けっして死なない。

王妃　それがなぜハンスを選んだの。

オンディーヌ　選ぶっていうことを知りませんでした。それは人間の世界のことなんです。水の世界では、あたしたちが選ぶわけではないんです。なにか巨大な感覚のほうがあたしたちを選ぶんです。そこでは最初にむかえた男が、つねに、ただひとりの男です。ハンスはあたしが会った最初の男のひとでした。それ以上、選ぶということはないんです。

王妃　オンディーヌ、姿を消しなさい！　帰りなさい！

オンディーヌ　ハンスといっしょに？

王妃　自分が苦しみたくなかったら、ハンスを助けてやりたいと思ったら、最初に見つけた泉のなかに飛びこんでしまいなさい。行きなさい！

オンディーヌ　ハンスといっしょに？　あのひと、水の中だとすごくみっともないんですけど。

王妃　ハンスとは三月《みつき》、幸せに暮らしたでしょう？　それで満足なさい。まだ時間がのこっているうちに、出発なさい。

オンディーヌ　ハンスと別れるんですか？　どうして？

王妃　あの若者はあなたにふさわしいようにはできていないから。魂が小さいから。

オンディーヌ　でもあたしなんて、魂がないんです。もっと悪いわ。

王妃　でも魂がなくて問題になるのは人間だけなのよ。人間ではないどんな生き物にとっても、それは問題にならないの。だって世界の大きな魂は、馬たちの鼻から吐き出されて、魚たちのエラから吸いこまれている。でも人間はひとりずつ、めいめいの魂をほしがった。みんなの大きな魂を、ほんとうに愚かに、こまぎれにしてしまった。人間たちには、みんなの魂というものがないのよ。魂のこんな小さな分け前が並んでいるだけで、そこからは貧相な花や貧相な野菜がはえてくるだけ。あなたが持つにふさわしいような、人間のすべてがこもった魂、すべての季節がそこにあって、風そのものがあって、まるごとの愛がある、そういう魂は、ほんとうに稀《まれ》なものなの。この宇宙のなかで、この時代のなかで、たまたまひとつだけあった。でもほんとうに残念、それはつかまってしまった。

オンディーヌ あたしぜんぜん残念じゃないです。

王妃 それはあなたが知らないからよ、大きな魂をもった水の世界の男というのが、どういうものか。

オンディーヌ いいえ、よく知ってます。ひとりいたんです。空を見るんだって言って、あおむけでしか泳がなかった。死んだ水の精の頭蓋骨をいくつもヒレのあいだにかかえて、いつまでも眺めていた。誰かを好きになるまえには十日以上もひとりきりでいて、自分で自分を抱きしめていないとだめでした。みんなもう、うんざりしちゃって、いちばん年寄りの女たちでも、そのひとのことを避けるんです。ううん、ちがう。愛されるのにふさわしいひとは、ひとりだけです。そのひとはほかのあらゆる男と似たりよったりで、おなじようなことばを話して、おなじような顔をしている。見分けがつくのはただひとつ、ほかのひとより、もっと欠点だらけで、もっと不器用だっていうところ。

王妃　つまりハンス。

オンディーヌ　つまりハンス。

王妃　それでも、あなたもわかっているのでしょう？　あなたのなかには、すべての大きなものがある、でもハンスがそれを好きだと思ったのは、小さくしか見なかったからでは？　あなたは光そのものなのに、ハンスは金髪と思って好きになった。あなたは優美さそのものなのに、いたずらっぽくてかわいいと思って好きになった。あなたは冒険そのものなのに、ひとつの冒険と思って好きになった。あの若者が自分のまちがいに気づきはじめたら、あなたはかれをうしなう……。

オンディーヌ　でもかれ、きっと気づきませんから。ベルトランだったら気づくでしょうけど。あぶないかもしれないと思わなくはなかったんです。でも騎士のなかでもいちばんばかなひとですから。

王妃　たとえ男のなかでいちばんのばかでも、目はそれなりに見えるもの。

オンディーヌ　じゃあ、いつか、あたしは水の精だって教えるかもしれません。

王妃　それは最悪のことになるでしょうね。たぶんハンスにとって、あなたは水の精さながらではあるけれど、ほんものの水の精だとは思ってもみないでしょう。ハンスにとってのほんものの水の精というのは、仮装パーティーでウロコのついたズボンをはいてるベルタなのよ。

オンディーヌ　人間が真実に耐えられないなら、嘘でとおします！

王妃　真実でありたくても、嘘でいたくても、ねえお嬢さん、あなたでは誰もだませない。結局、すべての人間がいちばん嫌うものをつきつけてしまう。

オンディーヌ　誠実ということですか？

王妃　いいえ、透明ということ。一点の曇りもないというのは人間にとって恐怖なのよ。それこそ最悪の秘密にしか見えない。あなたは思い出の残りかすではないし、いろいろな計画のよせ集めでもないし、いくつもの意志やさまざまな印象のかたまりでもない。そのことがハンスに見えはじめたら、あなたはきっと怖がられる。そしてハンスをうしなうことになる……。わたしを信じなさい。ここを出ていって、ハンスを救ってやって。

オンディーヌ　ああ、お妃さま。出ていってても救うことにならないんです。水の世界に戻ったら、水の精の男たちが寄ってくると思います。人間の匂いにひかれるんです。叔父は誰かと結婚させたがるでしょう。でもあたしは断る。叔父は怒って、きっとハンスを殺します……。だめ！　陸の上でハンスを救うしかない、それだけはたしかです。いつかあのひとがあたしを嫌いになって裏切ったら、それを叔父から隠す方法を、陸の上で見つけるしかありません。でもかれ、いまはまだあたしを好きでしょう？　ちがいます？

王妃　もちろん。全身全霊で。

オンディーヌ　じゃあお妃さま、探さなくても大丈夫です、救いの手だてはあります！　さっき、けんかしてるとき、わかったんです。ハンスをベルタから遠ざけようとするからいけないんです。そのたびに、逆に近づけることになってしまう。ベルタを悪く言うたびに、むこうはベルタの味方になる……。だったら全部ひっくりかえせばいい。一日二十回くらい言えばいいんです、ベルタってきれい、ベルタって正しい。そのうち、ベルタなんてどうでもよくなってくる、ベルタはまちがってるということにさえなってくる。だから毎日ベルタと出会うようにすればいいんです、ベルタが着飾って、太陽の下で輝いて見えるようにしむける。そしたらハンスはあたししか目に入らなくなってくる。もう計画を立てました。ベルタがハンスの城に来て、あたしたちといっしょに暮らすようにします。そうなれば、一日中顔をつきあわせることになる。つまり、ベルタを遠ざけることになる。狩りに行ったり散歩に行ったら、できるだけ二人きりになるようにしむけます。それは雑踏のなかに放りこまれたのとおなじこと。二人で並んで、自分たちが写した写本を読むようにします。ベルタが、飾り文字に色を塗るのを間近で眺めるようにします。体がちょっとさわったり、相手に触れたりするようにします。そしたら、おたがい距離ができたような気になって、もう欲望なんて全然起こらなくなっていきます。そうしたら、あたしは丸ごとハンスのものになる……。あたしって男をわかってるなあ……、というのが、救済案です（イゾルデ、立ち上がってオンディーヌに歩みより、抱きしめる）。え、お妃さま、どうなさったんですか。

王妃　イゾルデからお礼を言います。

オンディーヌ　お礼？

王妃　恋愛指南をしてくれましたよ。運を天にまかせましょう、水の精オンディーヌの処方箋をためしましょう。

オンディーヌ　はい、あたし、水の精です。

王妃　十五歳の媚薬ね。

オンディーヌ　十五まで、あとひと月。何世紀も生きている。けっして死なない。

王妃　そうですとも。

オンディーヌ　ああうれしい！　ベルタにおわびが言えます！

第十二場

前場の人物　王　ハンス　ベルトラン　ベルタ　侍従　随身たち

ついで奇術師

オンディーヌ　ベルタ、ごめんなさい！

王　よく言った、いい子じゃ。

オンディーヌ あたし、まちがってはいなかったの。でもまちがっているからあやまれって言われたわけだから、まちがっていたわけでしょう。ベルタ、ごめんなさい。

ハンス よく言った、ぼくのオンディーヌ。

奇術師、登場。

オンディーヌはそれを見る。

オンディーヌ よく言った……。なら、ベルタは返事をしてくれてもいいんじゃない？

ハンス なんて？

オンディーヌ あたしはここにいて、ベルタのまえでおのれを低くしている、すごく高みにいるのに。ベルタのまえでへりくだっている、すごく誇り高いのに。まわりを壁で囲ったみたいに低くなっている。なのに返事もしてくれない！

ベルトラン まったくだ。ベルタは返事をしてもいい。

オンディーヌ そうでしょう、ベルトラン。

ハンス （ベルトランに）目があったからって口まで出さないでくれませんか。

オンディーヌ 出すわよ。あたしがこのひとを見たんだから。

ハンス あとで話しましょう、ベルトラン。
王 ベルタ、この子は自分のあやまちを認めておる。みなのためにも、つまらぬ腹立ちをひきずるな。
ベルタ わかりました、あの者をゆるします。
オンディーヌ ありがとう、ベルタ。
ベルタ ただし条件があります。儀式のたびに、あの子がわたしの裾をもつこと。
オンディーヌ いいですよ、ベルタ。
ベルタ 四メートルはありますけど。
オンディーヌ あなたから遠いほどありがたいです、ベルタ。
ベルタ ベルタと呼ぶのをもうやめて、殿下と呼ぶこと。
王 ベルタ、それはならん。
ベルタ わたしは小鳥を殺したりしてないと、おおやけに訂正すること。
オンディーヌ いいですよ。嘘になりますけど。
ベルタ お父さま、おわかりでしょう、このずうずうしさ！
王 また。二人ともいいかげんにせんか。

オンディーヌ ベルタ殿下は小鳥を殺したりなさいませんでした。ハンスはベルタ殿下のお手をとったりいたしませんでした。手をとらなかったのですから、おしつぶすこともなかったわけです。そもそもこの世に鳥なんているのでしょうか。
ベルタ 侮辱!
オンディーヌ ベルタ殿下は、小鳥を歌わせようとして、ひまつぶしに何羽も小鳥の目をえぐって殺したりなさいませんでした。ベルタ殿下は朝、ベッドから起き上がって、たくさんの鳥の死骸でできた敷物を踏んだりされませんでした。
ベルタ お父さま、ここまで罵《ののし》られてるのを目のまえでごらんになって、なんともお思いにならないの?
王 そなたはどうしてそう、この娘といがみあうんじゃ!
ハンス オンディーヌ、王さまの養女でいらっしゃるかたと話してるんだぞ!
オンディーヌ 王さまの娘! それがどういう人間か知りたい? 「王さまの娘」って誰なのか。みなさま知りたくていらっしゃるでしょう、この殿下のまえで震えあがってるみなさん!
ハンス オンディーヌ、そういうことを言うから成りあがりだと知れるんだ。

オンディーヌ　成りあがり。わかってない。どっちが成りあがりなのかを知りたいわけね。あなたのベルタは英雄の血筋だと思ってるんでしょう。でもあたしは親が誰かを知ってるの。湖のほとりの漁師よ。パルジファル[24]でもクリームヒルト[25]でもない。名前はオーギュストとユージェニーよ。

ベルタ　ハンス、黙らせてください。でなければ一生お目にかかりません。

オンディーヌ　叔父さま、そこにいるでしょう、助けて！

ハンス　（オンディーヌを引っぱって行こうとして）くるんだ！

オンディーヌ　叔父さま、このひとたちに、なにがほんとか見せてやって！　どうにかして、真実をわからせて！　たった一度でいいから頼みを聞いて。助けて！

とつぜん暗転。この間に、侍従は次のおふれを告げる。

侍従　幕間狂言……。

第十三場

前場の人物　男女の水の精たち　歌手（サランボーとマトー）
ついでオーギュスト　ユージェニー

オーギュストの藁《わら》ぶき小屋と湖畔が舞台の奥にあらわれる。
水の精の王、葦のゆりかごのなかのちいさな女の子をじっと見つめる。
水の精の女たちが水の精の王のもとへ運んできた子である。
そこへ、サランボーとマトーに扮した女優と男優が、
舞台の両袖から急ぎ足で登場。

奇術師　あの二人はなんです？　こんなところに出番はないでしょう。

侍従　ありゃサランボーの歌手だね。引っこめるのはむりだな。

奇術師　黙らせてください。
侍従　サランボーの歌手を黙らせる。それはいわばヘラクレスの八番目の仕事だな。
　つまり、まずむりだ。

劇中劇

水の精の女　（ちいさな女の子を見ながら）さあ、それで？　いったいこの子をどうしろと？
水の精の王　母の十字架は残すべし。
マトー　（歌う）しかり。われは雇われの兵なれど。
水の精の少年　水の王さま、この子が噛むんです！
水の精の王　そのガラガラは返してやれ。
　父オーギュストがやっとのことで
　一角《いっかく》の骨からつくりあげたものなれば。
サランボー　（歌う）しかり。われはハンニバルの姪なれば㉖。

水の精の女　なんて子！　この子ったらひっかくのよ！
水の精の王　娘のからだのそれぞれのしるしは残すがよい。
わが思いにそって、
この娘の生まれの秘密を明かすであろう。
サランボー　（歌う）けれどわれ、この卑しき身をば愛するものを。
マトー　（歌う）けれどわれ、この聖なる身をば愛するものを。
水の精の女　ほんとうかしら、これをひとりの王の子が見つけるなんて、
この葦のあいだの籠《かご》の子が、
王宮の籠に移される？
水の精の王　いかにも。われら水の世界に住む者に、
この虚栄の娘は縁もなし、
ひととしての品位もむなし。
漁師の娘が王妃となれば、
そは汝《なんじ》のよろこびとならん。
水の精たち　（声をそろえて）

悪しき者は驕《おご》りのうちに溺《おぼ》れゆく……。

水の精の王　陸の上、水の中、いずこかを問わず、いつの日か、
そなたは水の精たちに災いをなさん……。

サランボー　（歌う）われを奪え！　カルタゴとともに！

水の精の王　ニコル、ベルティルド、エスクラルモンド、
陸の世界での名は問わず、
十字とガラガラが身のあかし。
そはしもじもの出であるなれば。

マトー　（歌う）汝《なれ》はここに一糸もまとわず、あうるわしきそのかんばせ！

水の精の女　でも十字架はすぐにこわれる。

水の精の女　象牙は泥棒に盗まれる。

サランボー　（歌う）夕暮れはつめたくわれを驚かす。

マトー　（歌う）まとえ、聖なるヴェールを汝《な》がうえに！

水の精の王　さればこそ、水の精たるわが娘たち、
このいとけなく、おさなき肩に

タールのごとく、くいいる指で
われはえがく、十字と一角。

サランボー　（歌う）いまこそわれは手に入れし！

マトー　（歌う）そはわれを？

サランボー　（歌う）女神タニトの聖なるヴェール！

マトー　（歌う）ああ、すべてはあばかれん！

水の精の王　さらに透きとおる組み文字で
ふた親の頭文字をも記しおく。
なにものも消し去ることのあたわずは
汝《な》がうけし母、ユージェニーの乳。
いまこのとき、高き天蓋の王宮で
昨日《きのう》の栄誉は明日《あす》のあやまち。
立て、ベルタ、さればあえてなすがよい、
そなたのバラのうなじを示せ！

照明がぱっとつく。広間には驚愕《きょうがく》が満ちている。

ベルタ、立ち上がる。

オンディーヌ　ほら！

ベルタ　あなたがなしてください。

オンディーヌ　さあ、ベルタ、あえてなすがよい！

オンディーヌ、ベルタがはおっているヴェールを取り去る。

ベルタの肩にしるしがあらわれている。

サランボーとマトー　この卑しき世界で、すべてはただ愛、ただ愛のみ！

オンディーヌ　叔父さま、二人ともきてるんでしょう？

奇術師　いまくる。

オーギュストとユージェニー、広間に入ってくると、ベルタに駆け寄る。

オーギュスト　うちの娘、かわいい娘！

ベルタ　さわらないで、二人とも。魚くさい！

水の精たち（非難のどよめき）おお！　おお！

ユージェニー　あたしの子……。神さまにあんなにお願いした子！

ベルタ　神さま！　どうせなら親なし子にしてって頼みたいわよ。

王　なんという恥知らずな！　そなたが優しげであったのはそういうことか。ようはこの、玉座のためか。まさに成りあがり、しかも恩知らず、それにつきるわ！　親ごさんとオンディーヌにおわびをせんか！

ベルタ　いやです！

王　勝手にせい。したがわぬというなら街からは追放じゃ、尼寺で一生涯を終えることになるぞ。

ベルタ　わたしの一生はもう終わりました。

一同退場。オンディーヌ、ベルタ、ハンスだけが残る。

第十四場

ベルタ　オンディーヌ　ハンス　ついで侍従　さらに奇術師

オーギュストとユージェニー、広間の奥に立っている。王族としての二人のありさまをオンディーヌが語るときは、二人の頭上に金の冠が見える。

オンディーヌ　ベルタ、ごめんなさい！

ベルタ　ほうっておいてください……。

オンディーヌ　いま、無理にお返事されなくていいです。もう返事はいりません。

ベルタ　卑怯なまねをされるより、憐《あわ》れまれるほうがもっといや。

ハンス　あの、ベルタ、ぼくらはあなたを見捨てませんよ。

オンディーヌ　あなたに跪《ひざまず》きます、ベルタ。だってあなたは漁師の家に生まれたんですから！　いまから、あなたはあたしのお姫さま。水の精たちはオーギュストのことを殿下って呼ぶんです。

ハンス　ベルタ、これからどうするつもりです？

ベルタ　わたしなんて、いつも成りゆきまかせです。

オンディーヌ　うらやましい！　漁師の娘のやりかたですね。

ハンス　しつこいって、オンディーヌ。

オンディーヌ　しつこくないって、ハンス。自分がどういう身分か、ベルタに教えてあげなきゃ。あなたにもわかってもらわなきゃ。オーギュストは大きな帝国の偉大な王なんだから。オーギュストが眉をひそめただけで、何百万の鱒がふるえあがるんだから。

ハンス　ベルタ、このあとどこへ行くつもりです？

ベルタ　どこへ行けます？　誰もかれも顔をそむけてしまった。

オンディーヌ　あたしたちと来ればいいんです。お姉さんだもの、ハンス、歓迎してくれるでしょう？　ベルタはあたしと姉妹、お姉さん。ベルタ、顔をあげてください。ユージェニーからうけついだ威厳をたもって。ユージェニーはあたしたちの王妃さま。ユージェニーのように気高いって、鯉たちはそういう言いかたをするくらいです。

ハンス ぼくらも宮廷では暮らしたくないんですよ、ベルタ。オンディーヌは正しい。もう今夜から、うちにいらしたらいいですよ。

オンディーヌ ベルタ、ごめんなさい。あたし怒ったけど、ゆるして。人間にとって、いったん起きたことはもう起きなかったようにはできないんだって、あたしいつも忘れるんです。あなたがたの世界ってほんとに生きづらい。いったん口に出したら二度と撤回できない、やってしまったらとりかえせない。人びとが憎んで口にした言葉が、あなたには愛の言葉として残るといいのに。あたしがあなたについて言った言葉は、みんなそうです。

侍従 （顔を出す）謝罪はすんだかお知りになりたいと、こう王さまのおおせですがね。

オンディーヌ はい、心から。

ハンス 行きましょう、ベルタ、うちの城は広いですよ。好きなように暮らせます。ひとりがよければひとりで、湖に面した棟に住めばいい。

オンディーヌ えっ。湖があるの？ お城のわきに？ だったらベルタは反対側の棟がいいんじゃない。

ハンス ライン河のほう？ お好きなように。

オンディーヌ ライン河！ そのお城、ラインにも沿ってるわけ？

ハンス 東側だけね。南側は滝だから。さあ、ベルタ。

オンディーヌ ねえハンス、池も泉もない野原のお城って持ってないの？

ハンス ベルタ、さきに行っていてください、すぐ行きます。

ハンス、オンディーヌのところに戻る。

ハンス どうして水がそんなにこわい？ 君と水のあいだに、なにがあるんだ。

オンディーヌ 水とあたしのあいだには、ないわよ、なにも。

ハンス 気づいてないと思う？ ぼくが小川に近づいただけでとめる。ぼくが海を眺めれば目のまえに立つ、井戸のふちに腰かけていればどかせる。

オンディーヌ ハンス、水に気をつけて。

ハンス たしかにうちの城は水に囲まれている。朝は滝でシャワーを浴びて、昼は湖で釣りをする。夕方にはラインでひと潜《もぐ》り。でも水の中のどの渦も、どの淵もぼくは知りつくしてる。水がぼくをこわがらせるなんてできないし、そう思うなら、むこうのまちがい。水はなにも知らないし、なにも聞こえやしないよ！

ハンス退場。
広間をとりまいている噴水がいっせいに、ぱっと高く噴き上がる。

オンディーヌ　聞こえてるじゃない！

オンディーヌ、あとを追う。

侍従　（奇術師に）いやあ、おみごと！　ぜひ大詰めを見たくてたまらんな。つづきはいつかね？

奇術師　おのぞみでしたら、すぐにでも。

侍従　しかし、わしの顔はどうしたんだ？　皺《しわ》だらけだぞ、おまけに禿《は》げとる！

奇術師　おのぞみでしたので。一時間で十年たっております。

侍従　これは入れ歯か？　もごもごしとるが。
奇術師　つづけてよろしいですね？
侍従　いかん、いかん。幕。休憩！

幕

第三幕

ハンスの城の広間。ベルタとハンスの婚礼の朝。

第一場

ベルタ　ハンス　召使いたち　ついで豚飼い

召使い　コラールはすでに合唱隊のうちにやどれり。

ハンス　なにを言ってる？

べつの召使い　ご婚礼の合唱隊のことにございます。

ハンス　おい、ちがう話しかたはできないのか。もっとふつうの言いかたがあるだろう。
召使い　ベルタ姫ばんざい！　ご結婚ばんざい！
ハンス　出ていけ！
ベルタ　ハンス、そのお怒りはなにゆえに、今日のこの日に。
ハンス　なんてことだ、あなたまで。
ベルタ　まもなく妻になるものを、その顔《かんばせ》のにがいこと！
ハンス　あなたまで。みんなとおなじ話しかたをする！
ベルタ　それほど悪《あ》しき言葉とは。この幸せを一同ともに祝いしものを。
ハンス　もう一回言ってみて……。はやく、はやく！　一字一句そのままで。
ベルタ　それほど悪しき言葉とは。この幸せを一同ともに祝いしものを。
ハンス　そういうこと！　どうも！
ベルタ　ハンス、あなたこわい！　ここ数日、ずっとこわい。
ハンス　ヴィッテンシュタイン家の伝統を知りつくしているひとなら、これもいっしょにおぼえてほしい。一族に不幸がもたらされる日、召使いたちはわけもなく荘厳な話しかたをし始める。文章は韻をふむ、言葉えらびはじつにりっぱ。詩人の世界の詩ごころが、とつぜん馬飼いや洗濯女にも宿りだす。しもじもの人びとにも、それまで見えなかったものがいきなり見える。水の流れの曲線や、蜂の巣の六角形。ひとは自然をもの思う。魂をもの思う……。するとその晩、不幸が起こる。

ベルタ　とくに詩的ではありません。韻もふまれておりません。

ハンス　ヴィッテンシュタイン一族の耳に、すべてが韻をふんで響くとき、すべてが詩の朗読に変わるとき、死が戸口に立っている。

ベルタ　ねえハンス、つまりだいじなことが起こるとき、ヴィッテンシュタイン一族の耳にはすべての音が高められて響くのよ。お葬式のときがそうならば、お祝いごともおなじこと。

ハンス　豚飼いにいたるまで、たぶんこのことは変わらない。ためしてみよう、すぐわかる。（召使いの一人に）豚飼いが、どこにいるのか知らないか？

召使い　ハリエニシダの、丘のうえ。

ハンス　口をとじろ、豚飼いをここへつれてこい。

召使い　ミモザの樹木の、そのしたで。

ハンス 駆け足！

ベルタ ねえハンス、でも召使いたちが、けさはなぜだか慎み深い言葉づかいなのはうれしいわ、あなたに愛を誓う日だから。ハンス、抱きしめて。どうしてそんな顔なの？ 今日のこの日に、いったいなにが足りないの。

ハンス この恨みを晴らすには、街中のひとの目のまえで、あれの正体と罪を告白させるべきだった。

ベルタ オンディーヌがゆくえをくらましてもう半年、まだ忘れられない？ でも今日こそは、彼女のことを忘れる日！

ハンス できっこないよ。今日、びくついて縮んでるなさけない花婿がここにいるのは、結局あの女のせいなんだ。ぼくに嘘をついてたんだ！

ベルタ 嘘をついてはいなかった。あなた以外の誰が見ても、オンディーヌがわたしたちとはちがう生きものだとわかったはず。あの子がものに不平を言ったことが一度でもあった？ あなたの気持ちにさからったことが一度でもあった？ 腹を立てたり、病気になったり、いばったりしたことがあった？ そんな女はありえない。どこを見てたの。

ハンス 水の精は裏切るっていうことは見たよ。ぼくは裏切られたんだ。
ベルタ 気づかなかったのはあなただけ。あの子は一度だって「女」という言葉は使わなかった。あなたひとりが気づかないだけ。でも一度でも聞いたことがあった？「そんなこと、女には言わないの」「そんなこと、女にはしないの」。彼女はちがっていた。「そんなこと、オンディーヌには言わないの」「そんなこと、水の精にはしないの」
ハンス オンディーヌを忘れる……。できると思う？ オンディーヌが消えた朝だって、あれで目がさめたんだ、あの叫び声。「あたし、あなたを裏切ったの、ベルトランと！」。あれ以来毎朝、河の流れから、泉という泉から、井戸という井戸から、声が立ちのぼってくる。城にも街にも響きわたる。噴水からも、水路からも、四六時中響く。大時計についている木彫りの人魚まで、正午になるとそう叫ぶ。なんだってこうしつこく、世界にふれまわってるんだ、あの女がぼくを裏切ったってこと、ベルトランと！
こだま ベルトランと！
ベルタ ハンス、公平に考えましょう。そのときにはわたしたちのほうが、もうオンディーヌを裏切っていたでしょう。だからわたしたちを驚かせて、しかえしをしているのよ。

ハンス　あの女はいま、どこにいるんだ？　なにをしてるんだ？　うちの狩人も漁師も総動員して探させているのに、半年たっても見つからない。しかも、遠くにいるわけじゃないんだ。今日のあけがた、教会の入り口に、ウニとヒトデの花束がおいてあった……。こんなふざけたことをするのはほかにいない。

ベルタ　そう思いこまないで……。山師はひとつのところにずっとはいないものよ。正体を見られたら姿を消す。また地下にもぐる。もぐるって水の精には合ってる言葉ね。オンディーヌは水の中にもぐった。

ハンス　あたし、あなたを裏切ったの、ベルトランと……！　誰が言った？

こだま　ベルトランと！

ベルタ　ねえハンス。あなたの思いちがいをすっきりさせましょう。いったいあの子のどこに、そんなにひかれたの？　自分は冒険のために生まれついたなんて、誰に信じこまされたの？　自分は妖精の狩人、そう思っていたのは知っている。でも自分に正直になれば、言えるはず。魔物の森で胸をおどらせた戦いの相手は、じつは朽ちはてた樵《きこり》小屋だって、じつは気づいていたんじゃない？　かがんで中に入ってみる、かびくさい家具の匂いがする。ようやく炭に火をつけたら、ツグミを炙《あぶ》り焼きにして、あとはパイプをくゆらすだけ……。魔法の城と思うもののなかで、あなたがどんなふうかもわかる。苦労して戸棚をあけて、衣裳をひっぱり出してみる。古い兜《かぶと》をかぶってみる。自分では精霊を探しているつもり、でも結局は、いつも人間の足跡を追いかけていただけ。

ハンス　足跡を見まちがえたんだ。

ベルタ　足跡を見うしなったの。でも、また見つけた。この冬、あなたがわたしをやっぱり好きだと言った夜、そしてわたしが逃げだした夜、あなたは足跡を見つけたでしょう。古い砦《とりで》の裏で、雪のなかにわたしの二本の足の跡を見つけた。大きくて、深い足跡。疲れと、嘆きと、あなたを好きだと思う気持ちがそのまま跡になっていた。オンディーヌの、ほとんど見えないような跡とはちがう。あれはあなたの犬たちでもわからない。でも、かたい地面のうえにもひきずったような跡がつく。わたしのは人間の命をはらんだ女の足跡、あなたの未来の息子を身ごもった足跡、あなたの妻の足跡だった。引きかえす足跡はなかった。あなたの腕に抱かれて戻ったから。

ハンス　そう、たぶんベルトランもそうしたんだ。奪って連れていった……。（召使いに）どうした？

第一の召使い　豚飼いです、だんなさま。お呼びでしたので。

ハンス　ああ、こっちへ。このごろ豚はどう？

豚飼い　わが笛は柳の枝にして、わが小刀はツゲのさや！

ハンス　いま、しているのは豚の話、鱒《ます》の話。

豚飼い　ミモザの樹木の、そのしたで……。

ハンス　黙れ！

第一の召使い　おそれいりますが、耳が聞こえませんので！

豚飼い　その木陰では……。

ハンス　手で口をふさげ。

第一の召使い　手の中でしゃべっております。六角形がどうとかこうとか……。

ハンス　（べつの召使いに）黙らせろ。

第二の召使い　（第一の召使いの口をふさぎながら）いったいどうなっているのだか。

みんな詩の言葉で話しております。

ハンス　皿洗いの娘を連れてこい。いいか！　なにを言いだすか見てみよう、皿洗いの娘が。

第二場

ベルタ　ハンス　二人の漁師（一人の名はウルリッヒ）

第一の漁師　だんなさま、だんなさま！

ハンス　四回言ったら、韻文詩。

第二の漁師　やりました、あの女をつかまえました！

ハンス　オンディーヌがつかまった？

第一の漁師　ラインの河で、歌ってました。

第二の漁師　ヒースをかぶって雄鶏みたいでさ。歌ってるあいだに近づけました。

ハンス オンディーヌか？ たしかなのか。

第一の漁師 たしかでほんとでさ。髪が垂れてて顔は隠れてましたがね、まあその声！ みごとなもんで。肌はビロードみてえ、いやうっとりしますわ。さすがは化け物！

第二の漁師 裁判官のみなさんもご一緒ですんで。

ベルタ 裁判官？

第一の漁師 王国司教区の裁判官さんで、超自然の事件を専門にしとられます。ちょうど巡回されてました。

第二の漁師 ビンゲン(27)で蛇女を吊し首にされたんでさ。

ベルタ なぜこの城で裁判を？ 法廷はあいていないの？

第一の漁師 なんでも、奥さま、水の精の裁判っちゅうのは高い土地でするもんだそうで。

第二の漁師 水から離れた場所でさ。それでも警備はつけるんだとか。水の精ってのは池のうなぎみたいに、こう腹の脇に手足をくっつけちまえるんだそうですわ。あと、告訴されたのがそちらの騎士さまでいらっしゃるもんで。

ハンス そうだ……。この半年ずっと待っていた。ベルタ、やろう。
ベルタ ハンス、オンディーヌともう会わないで！
ハンス オンディーヌと会うわけじゃない……、聞いたろう？　水の精と会うだけだ。人間の暮らしも、人間のものいいもなくしている。ぼくのことも、もうわからないよ。
ベルタ ハンス、わたしちいさかったころ、山猫と恋人だったことがあるの。もちろん空想のなかの話で、じっさいのことではないけれど、でも夜はいっしょに眠って、子どももいた。いまでも動物園で、山猫の檻《おり》のまえではからだが震えて立ちどまるの。むこうだってわたしのことは忘れている。緋色の頭巾をかぶせたこともおぼえていないし、小人や巨人から助けてくれたこともおぼえていない。わたしたちの双子、ジュニエーヴルとベルトランジュをアジアの王さまに嫁がせたことも忘れている。ただそこにいる。あの毛並みやひげや、山猫の匂いといっしょにそこにいるだけ。それでも心臓がどきどきするの。今日、結婚式の日に会うとしたら、きっとうしろめたいと思う。
第二の漁師 裁判官のみなさんです。

ハンス すぐ済むさ、ベルタ。これが終われば二人ともほっとするよ。

第三場

ハンス 裁判官たち 漁師たち グレーテ 豚飼い 死刑執行人 召使いたち

群衆 群衆にまじって水の精の王

第一の裁判官 すばらしい！ じつに中庸《ちゅうよう》をえた土地の高さですな。まさに水の国よりは高く、空の国からは低い。

第二の裁判官 まさしくこういう丘です、みなさん、あの大洪水の水がひいたあと、箱舟はこうした丘にとどまって、ノアがおそるべき海の怪物たちを裁こうとしたわけですね。すなわち船窓から入りこんで、箱舟をおびやかした罪でした。いや騎士どの、ここはおあつらえむきです。

ハンス いいときにきてくださいました。

第一の裁判官　われわれは超自然の領域に生きておりますので、ふつうの権利問題や密漁問題をあつかう同僚にはない、いろいろな勘がそなわっております。

第二の裁判官　とはいえ、われわれの仕事にも、ああした問題におとらぬ苦労があるわけです。

第一の裁判官　しかり、金持ち同士のぶどう畑の境界線を裁くほうが、人間と精霊の境界線を裁くよりは楽ですからな。しかし、今回はやりやすい。なにしろ水の精であるということに、本人まったく異議をとなえておりません。そんな水の精を裁くのは、われわれもはじめてです。

第二の裁判官　それというのも騎士どの、この手の生き物がわれわれの尋問を逃れようとしても、いいわけは役にたたないからですよ。われわれの科学を出し抜くなんて、まずむりです。

第一の裁判官　そのとおり。みなさん、おとといのクロイツナッハ(28)事件でも、そういいのがれがありました。助役の召使いのドロテーアという者にばけていた例ですが、これは火の精だ、サラマンダー(29)だという意見がこちらから出ておりましたんで、検証のために火炙《ひあぶ》りにしてみました。すると焼け死んでしまいました。

したがって、これは水の精、オンディーヌであったということになりますな。

第二の裁判官　裁判官どの、きのうもそうでしたよ。ゲルトルーデ事件のケースです。被告の髪は赤毛、二つの目はそれぞれちがう色、テュービンゲン[30]のビアホールでウェートレスをしていました。これがなんと、ビールジョッキはひとりでにいっぱいになる、また驚いたことになんの動作もなく、泡もたたない。裁判官としてはみなさん、水の精、オンディーヌであると推定されていたんでしたね。それで鉄の鎖で縛って、水に放りこませてみました。すると結果は溺死。ですからこの場合は火の精、サラマンダーとわかったわけです。

ハンス　オンディーヌはみなさんといっしょに来てるんですか？

第一の裁判官　その尋問のまえに。訴えを起こされたのは騎士どのですから、すこしお話をうかがっておきたいと思いまして。被告に対して、どのような刑罰を要求されますか？

ハンス　ぼくの要求？　それはこの召使いやそこの娘たちが要求するのとおなじことです。つまり、この地上で、もうすこし人間を人間だけにしておいてもらう権利を要求する。といっても、神が人間にあたえたものはそう広い範囲じゃない。天国と地獄のあいだの、せいぜい上下二メートル。人生だって、そうおもしろいものじゃない。手は洗わないといけないし、風邪をひけば洟《はな》をかまないといけない。頭は薄くなる。だからぼくが望むのは、まわりでざわめいているものを知らずに生きることです。いるでしょう、しつこくつきまとってくる人間以外の生きものが。女のかっこうをしたニシンとか、子どもの頭に見える膀胱《ぼうこう》とか、めがねをかけて妖精みたいな尻をしたトカゲとか……。結婚式の朝くらい、そういう訪問者には遠慮してもらって、からっぽの世界ですごしたい。かれらの気配もなし、腐れ縁もなしで、婚約者と二人きりになりたい。つまり、自分だけでいたい。

第一の裁判官　それはまた、きわめつきの要求ですな。

第二の裁判官　まさしく。われわれ人間が足湯をつかったり、女房や女中にチュッとしたり、子どもの尻をたたいたりするのをのぞき見することが、ああいう生きものにとっていちばんの楽しみだというのは、どうもうろたえる思いです。しかしその事実は否定できません。人間のやることなすこと、いちいちそのまわりに集まってきます。それが最低の行為だろうと、またとなく気高い行為だろうと、まるで奇蹟でも見物するように、やつらはそこへ集まってくる。骸骨《がいこつ》のうえにあわてて皮膚をはりつけたようなのもいれば、ビロードのごとくなめらかな肌をまとってくるものもいる、醜い鼻面をつけてきたり、それこそスズメバチの針のごとくにやせこけた尻のもいる、それがまあ、集まってきて輪になって踊るというわけです。

ハンス　つまりあいつらの腐った匂いがしなかった時期、そういう時代はなかったということですか？

第一の裁判官　そういう時期？　そういう時代？　騎士どの、わたしの知るかぎり、すべてをこえて一日、たった一日、ありました。まさに一日だけ、天国と地獄の二重苦からも、あの手の生きものからも、逃れられていた日がこの世にあった。あれは去年の八月、アウグスブルク㉛のちかくの村で、収穫を祝う時期でした。あの日、麦のなかに毒麦はなく、ブルーベリーにも虫がついてはいなかった。わたしはナナカマドの樹の下によこたわった。頭上に舞うカササギには、一羽のカラスもつきまとっていない。わがシュヴァーベン地方はアルプスまではるかにつづき、緑にあふれて水は青い。くちばしのついた天使が空を飛んだりしていなかったし、赤い悪魔が地下にひそんでもいなかった。街道で馬にまたがるドイツの兵士に、魔法のよろいをきた騎士がついてくることもなかった。刈り入れを終えた農民たちが樹の下でカップルで踊っていても、カワカマスの顔をしたあやしげなよそものがまぎれこんだりしていなかった。粉をひく風車の輪は、のどかに小麦のうえで回っていたけれど、裸で地獄に落ちた者を光が打ちのめすような、天の巨大な裁きの輪が回っていることもなかった。みんな、ただ無心に働いたり、叫んだり、踊ったりしている。あのとき、わたしは生まれて初めてひとりでいられた。人間としての孤独を味わうことができたんです。乗り合い馬車の角笛が響いても、そこになんと、裁きのラッパの音がまざっていない。騎士どの、わたしの人生であの一瞬だけでした。精霊たちはこの地上に人間だけを残して、行ってしまった。なにか予想外の呼び出しでもあって、ほかの星へ移動したのかもしれません。同僚のみなさん、もしあれがつづいていたら、われわれは当然、失業です。しかし、もちろんそんなことはない！　突如、ある瞬間、ドイツの兵士はふたたび死神につきまとわれている。踊るカップルのあいだには三人目の誰かが入りこむ、槍や箒《ほうき》が雲のあいだからぶら下がる。まあ、連中よその星に行ってみて、がっかりしたんですな、そして帰ってきてしまった。一瞬で、全員がもとどおり。

流れ星も、青い空も、雷さまもいらない、そんなことよりわたしが顔をふいたり、四角いハンカチで洟をかんだりするのを見物しようというわけです。さあ、被告がきました！　看守は被告を立たせておくように。せんだっての日曜のウナギ女のように腹ばいになられると、まっさきにライン河に逃げこまれる。

第四場

前場の人物　オンディーヌ　ついでベルトラン　ついで皿洗いの娘

第二の裁判官　手に、水かきはまったくありません。指輪をはめています。

ハンス　はずしてください。

オンディーヌ　だめ！　だめ！

ハンス　結婚指輪です。このあとすぐいるんだ。

裁判官　騎士どの……。

ハンス　ネックレスもです。ロケットのなかにぼくの肖像がある。

オンディーヌ　ネックレスは残しておいて！

第一の裁判官　騎士どの、恐縮ですが裁判は順序だてておこないませんと。お腹だちはまことにごもっともですが、いまそれをなさると尋問に混乱が生じます。手つづき上、まず本人確認から入りますので。

ハンス　本人です！

第一の裁判官　はい、はい。ですが被告をとらえた漁師はどこか？　被告をとらえた漁師は前へ！

漁師ウルリッヒ　裁判官さま、こういうのが釣れたのは初めてですわ。ああ、えれえ満足だ。

第一の裁判官　おめでとう。しかし、そのとき被告はなにをしておったか？

ウルリッヒ　いつかは一匹つかまえられると思ってましたよ！　三十年っちゅうもの、一匹くらいは釣れると思ってましたんで。それが、けさ、とれたってわけですわ。

第一の裁判官　なにをしておったかと聞いておる！

ウルリッヒ　しかもいけどりですわ！　レーゲンスブルク[32]であがったやつは、船のオールでなぐって、なぐり殺しちまったんですと。わしは船ばたにこいつの頭うちつけて、ふらふらにさせたんですわ。

ハンス　この残酷なやつ、血が出てるじゃないか！

第一の裁判官　質問に答えなさい！　捕獲した際、被告は泳いでおったのか？

ウルリッヒ　泳いでました、胸と尻が出てましたが。こいつ、水の中に十分はもぐってられますわ、数えたですよ。

第一の裁判官　歌は歌っていたか？

ウルリッヒ　いんや。ちいさく叫んでたです。ちょっとしゃがれた声でね。どっちかっていうと、わめいてました。わめいてた言葉は、よくおぼえてます。「あたし、あなたを裏切ったの、ベルトランと！」

第一の裁判官　そんなばかな。わめいているのに、そんな言葉がわかるか？

ウルリッヒ　ふだんは絶対わかりませんわ。わめいてるのはわめいてるだけでさ。けどあのときは、わかりましたんで。

第一の裁判官　水から引きあげたとき、硫黄《いおう》の匂いがしたか？

ウルリッヒ　いんや。藻の匂いがしました。さんざしの匂いですわ。

第二の裁判官　それはまったくちがう匂いではないか！　藻の匂いなのか、さんざしの匂いなのか？

ウルリッヒ　藻の匂いで、さんざしの匂いですわ。

第一の裁判官　（第二の裁判官に）先へ行きましょう、ご同輩。

ウルリッヒ　その匂いが言ってたんですわ。「あたし、あなたを裏切ったの、ベルトランと！」

第一の裁判官　今度は匂いが口をきいたというのか。

ウルリッヒ　そうさ。あんたわかってるね。匂いは匂いだけど、そう言ったんで。

第一の裁判官　被告は抵抗したか？

ウルリッヒ　逆、逆。自分からつかまったんですわ。震えてましたけど。その震えがもう、めいっぱいふんばって、こう言いたいっていうかね。「あたし、あなたを裏切ったの、ベルトランと！」

ハンス　叫ぶのをやめないか！

第一の裁判官　騎士どの、どうも失礼しておりますが、たわごとでして、驚くことでもありません。こういう者はいたって単純にできておりまして、こんな機会ですと、まあ、われをうしなうわけですな。とはいえ、水の世界の化けものを確認するには、職業的な漁師の証言が必要でして。しかしどうやら、疑問の余地はまったくないようです。

ウルリッヒ　おてんとさまに誓って、まちがいないわ！　顔つきも胸もニュルンベルク[33]のみたいだわ、あの池で育てたってやつだね。あざらしを池にいれてやったそうだがね。そうしたらボールで遊んで、子どももできたっていう。もしかしておなじやつかね……？　いけどりにしたら賞金は二倍だってことだね？

第一の裁判官　今晩受けとりにまいるように。ご苦労！

ウルリッヒ　おれの漁網は？　網も返してくれんかね。

第一の裁判官　後日返還。裁判の翌々日と決まっとる。

ウルリッヒ　そりゃないですわ！　いますぐほしいんで。ありゃ商売道具だ、今晩、漁に出るんですわ。

第二の裁判官　もうよい、退廷！　網は没収だ、網目がこまかすぎる。規則違反。

第一の裁判官　証言終了。（ほかの裁判官にむかって）それではみなさん……。

ハンス　待った、なにをするんです。

第二の裁判官　騎士どの、わたくしは医者でもありまして、いまからこの娘のからだを調べます。
ハンス　誰であれ、オンディーヌのからだを調べさせたりしない。
第一の裁判官　騎士どの。このひとは傑出した臨床家でありまして、ヨゼフ選帝侯夫人の潔白を証明したのもこのひとです。あの結婚は取り消しがみとめられまして、夫人もその手ぎわを賞賛なさったくらいです。
ハンス　この人物がオンディーヌであることは、このぼくが保証する。それで充分でしょう。
第二の裁判官　騎士どの、かつての配偶者がこまかに取り調べられるのをごらんになるのは、さぞおいやかと存じます。が、からだに触ったりはいたしません。拡大鏡をもちいます。この者のからだで、人間の肉体とちがっていく境目をこう、すべて調査していくわけです。
ハンス　いまいる場所から肉眼で見てください。
第二の裁判官　水の精の場合、腋《わき》のしたの毛細血管が三つ股に割れて、誘惑する蛇のかたちを形成しているかを調べなければなりませんが、肉眼ではいささか無理かと。最低限、われわれのまえを歩かせてはいけませんか。網をのけて、両脚が分かれているかどうか見なければなりませんので。

ハンス　オンディーヌ、動くな！

第一の裁判官　まあ、あまりこだわってもいかん。証人尋問はおおむね充分ということでいいだろう。傍聴人の諸君、この女が水の精であったことに異議をとなえる者はいるかな？

グレーテ　奥さまはほんとにいいかたでした。

第二の裁判官　いい水の精でした、と言うべきだな、ようは。

豚飼い　わしらを好いてくださった。わしらもこのかたを好いとった！

第二の裁判官　蓼《たで》くう虫も好きずき。

第一の裁判官　審理に移る。さて騎士どの、原告は配偶者として、またあるじとして、この娘が実質としても存在としても水の精であり、そのことによって身辺に多大なる混乱をひきおこしたかどで告訴される。よろしいですな？

ハンス　ぼくが？　まさか！

第一の裁判官　しかし、この者が不可思議なもの、超自然的なもの、悪魔的なるものをご自宅にもたらしたかどで訴えられたのではないのですか？

ハンス　オンディーヌが悪魔的？　誰がそんなばかを言うんだ。

第一の裁判官　騎士どの、お尋ねしているのはこちらです。この質問のどこがばかですか？

水の精の王　（民衆に化けている）オンディーヌは悪魔的だ！

第一の裁判官　（水の精の王に）誰かな？

オンディーヌ　そのひとを黙らせて！　うそです！

第二の裁判官　発言は自由だ。この種の裁判ではな。

水の精の王　オンディーヌは悪魔的だ。しかもこの水の精は、水の精であることを拒否している。仲間を見捨てたのだ。力をもち、魔法を使うこともできたのに、だ。人間の世界でいう奇蹟を、一日に二十回でも起こすことができたのに。夫の馬に角《つの》をはやし、犬に翼をつけることもできたはずだ。ライン河も大空も、鶴のひと声で奇蹟を見せたはずだった。ところがだ、この娘はねんざをしたり、花粉で熱を出したり、油炒めをつくったりするほうを選んだ。騎士どの、ちがいますか？

第一の裁判官　ということは、わたくしの理解が正しければ、騎士どのは、この娘が人間の秘密を盗みとる目的で、あなたにもっとも気に入られるように、あなたをもっとも喜ばせるように見せかけた、という罪で告発なさる。

ハンス ぜんぜんちがいます。

水の精の王 人間の秘密？　まさにそれだ。人間の秘密を尊重しない者といえば、この娘につきる。人間の世界には、もちろんさまざまな財宝がある。金、宝石。ところがこの女が好きなものといえば、いちばんつまらないものなのだ。家の踏み台、スプーン。ビロードも絹もあるのに、木綿のほうがいいという。さらに、自然界のすべてが自分の兄弟だというのに、なんとも下世話なやりかたでそれを裏切った。炎が好きなのは、薪《まき》やふいごが使えるからだ。水が好きなのは、水差しや流しが使えるからだ。風が好きなのは、柳の木にかけたシーツがよく乾くからだ。そこの書記、ペンがあるならこう書くがいい。これはかつて存在したなかで、もっとも人間的な女である。それというのも、好きこのんで人間の女になることを選んだからだ。

第一の裁判官 証人たちは、被告が部屋に鍵をかけて何時間も閉じこもっていたと申し立てているが。

水の精の王　そのとおり。グレーテ、ご主人は閉じこもってなにをしていたのかな?
グレーテ　お菓子をつくってらっしゃいました。
第二の裁判官　お菓子?
グレーテ　パイ生地を練るのがじょうずにできるまで、ふた月かかったんです。
第二の裁判官　それは人間のもっとも楽しい秘密の一つであるな……。しかしだ、聞くところによれば被告は、ひとばらいをした中庭で、けものを育てていたともいうが。
豚飼い　へえ。うさぎです。わしが餌のクローバーを運んでおりました。
グレーテ　あと、鳥も。鳥が舌の病気にかかったときは、ご自分で治療してやってました。
第二の裁判官　被告が飼っていた犬はしゃべっていなかったかね、娘さん、猫もしゃべってはいなかったかな?
グレーテ　いいえ。あたしからは話しかけましたけど。犬に話しかけるの、好きなんです。でも返事してくれたことは一度もありません。
第一の裁判官　証人はご苦労であった。意見は本件の判決にあたって参考とされる。

だが夢に出てくる淫乱な悪魔をはじめとする、はためいわくな訪問者たちが、われわれ人間のお菓子づくりや、金属のメッキ技術や、さらにはまた、けがや湿疹にあてるしっぷの貼り薬といった暮らしかたの技が卓越していることをみとめ、これを高く賞賛することについては、なんら咎《とが》めることはできない。

第二の裁判官 ちなみに、我輩はパイが好きだ。おいしいパイをつくるまでには、バターをたっぷり使ったろうね？

グレーテ 大きなかたまりをいくつも！

第一の裁判官 静粛に！ いまや本件の核心に入っておる。騎士どの、ようやくわかりました。女！ こちらの紳士はそなたを訴えておられる。騎士どのは、そなたから愛されていると信ずればこそ家にいれたにもかかわらず、そなたは騎士どのを愛するどころか、人生のくだらん楽しみにばかりかかずらっていたかどで、すなわち利己的で無神経な生きものであったかどで……。

ハンス オンディーヌがぼくを愛していなかった？ 誰がそんなことを言うんだ。

第一の裁判官 お心にそうのはつくづく難しいですなあ……。

ハンス オンディーヌはぼくを好きだった。これほど愛された男はないんだ。

第二の裁判官　それはたしかですか？　被告を見てください。そう聞いて、こわくて震えています。

ハンス　こわい？　そこへ行って、そのこわさを拡大鏡で見てください！　こわくて震えているんじゃない。あまりにも好きで震えてるんだ！　そう、いまこそ訴えるときだというなら、ぼくは訴える。書記はペンをとれ。判事はかつらをつけろ。首から上が暖《あたた》まれば、すこしはまともな判決をくだせるだろう。ぼくは、ぼくに対する愛情で震えているかどで、この女を告訴する。ぼく以外に食べるものも、思う相手も、神さえも、もたないかどで告訴する。この女の神はぼくなんだ、わかったか！

第一の裁判官　騎士どの……。

ハンス　信じられませんか？　オンディーヌ、きみが思う唯一のものは？

オンディーヌ　あなた。

ハンス　口にいれるパンは？　ワインは？　ぼくの食卓をととのえて、グラスをかかげて飲みほすものは？

オンディーヌ　あなた。

ハンス 神は誰だ。
オンディーヌ あなた。
ハンス 裁判官どの、おわかりでしょう。神を冒瀆《ぼうとく》するほどぼくを愛している。
第一の裁判官 誇張しない、混乱させない。この女は、騎士どのを崇《あが》めていると言っておるだけでしょう。
ハンス 誇張していません。自分の言ってることくらい、わかっている。証拠もある。オンディーヌ、ぼくの肖像画のまえで跪《ひざまず》くだろう。そうだな？　ぼくの服の布地にキスをした。ぼくの名前で祈った！
オンディーヌ はい。
ハンス 神聖なものといえば、ひたすらぼく。あらゆる祝祭、それはぼく。復活祭のまえに驢馬《ろば》にのって、地面に足をひきずりながらエルサレムに入場してきた男といえば。㉞
オンディーヌ あなた。
ハンス 頭の上で、女たちがぼくの名前を叫びながら振っていたものはなんだ。棕櫚《しゅろ》の枝㉟じゃなかったろう。

オンディーヌ　あなた。

裁判官　騎士どの、なにがおっしゃりたいんです。われわれが裁こうとしているものは水の精です。愛ではない。

ハンス　でも、これは訴訟の一部なんです。この法廷に提出されているものは愛です。うしろにリボンと、矢の詰まったえびらをつけたキューピッドです。ぼくが訴えているのはそれです。ぼくは愛を告訴する。そのわけは、もっとも誠実な愛がもっとも不誠実な嘘で、もっとも激しい愛がもっとも卑しいものだからだ。結局この女は、ぼくに対する愛情だけで生きていながら、そのぼくを、しめしあわせて裏切ったんだ、ベルトランと！

こだま　ベルトランと！

第一の裁判官　それではつじつまがあいません。それほど愛している場合、裏切ることはできんでしょう。

ハンス　オンディーヌ、こたえろ。ぼくを裏切ったか、ベルトランと。

オンディーヌ　はい。

ハンス　誓え。裁判官全員のまえで、誓え！

オンディーヌ　誓います。あなたを裏切った、ベルトランと。

第一の裁判官　それなら、被告は騎士どのを愛していないことになります。ですがこの主張はなにも証明したことになりません。被告はこたえるにあたって、まったく猶予をあたえられていないからです。（裁判官たちに）みなさんはブラバント[36]のジュヌヴィエーヴ事件で、みごとしっぽをつかむことができました。すなわち被告が、自分の夫より雌鹿のほうが好きだ、雌鹿の鼻のほうが夫のほっぺたよりいいと言いきった、あのときです。あの三つの質問を、この水の精に対してもおこなっていただけますかな。一つ。

第二の裁判官　（手でハンスを示して）オンディーヌ、この男が走ったら、そなたはどうなるか。

オンディーヌ　あたしの息がきれます。

第一の裁判官　二つ。

第二の裁判官　この男がぶつけて指をけがしたら。

オンディーヌ　あたしの指から血がでます。

第一の裁判官　三つ。

第二の裁判官　この男が話をするときや、寝ていていびきをかくときは……、騎士どの、すみません。
オンディーヌ　歌に聞こえます。
第二の裁判官　論理的破綻《はたん》、いっさいなし。本心とみられます。それで、そなたにとってすべてであるこの存在を、裏切ったというのか？
オンディーヌ　はい。裏切りました、ベルトランと。
水の精の王　そう叫ぶな、聞こえてるよ。
第二の裁判官　そなたはこのひとしか愛していない。このひとが唯一の存在である。それを、裏切った。
オンディーヌ　ベルトランと。
ハンス　ほらね。全部おわかりでしょう。
第一の裁判官　そなたは、姦通《かんつう》の罪にくだされる罰を知っておるのか？　自白しても罪は軽くはならん、かえって重くなるぞ。
オンディーヌ　はい。でも裏切ったんです、ベルトランと。
水の精の王　オンディーヌ、わたしに聞かせたいんだろう？　おまえがこたえている相手は、このわたしだ。いいだろう！　だがわたしの尋問は、そこの裁判官のようになまぬるくはないぞ。ベルトランはどこにいる。

オンディーヌ　ブルゴーニュ。そこで会う約束だから。

水の精の王　おまえが夫を裏切った場所は。

オンディーヌ　森のなか。

水の精の王　朝か、それとも夕方か。

オンディーヌ　お昼。

水の精の王　暑かったか、寒かったか。

オンディーヌ　凍りつくほど寒かった。ベルトランも言っていた。この愛を氷が封じこめてくれるって。忘れられない、あんな言葉。

水の精の王　けっこう。ベルトランを連れてきてください。なにが真実か、つきあわせればすべてわかる。

第二の裁判官　ベルトランどのはもう半年も行方不明です。法の力では探し出せませんでした。

水の精の王　なんとも非力ですな……。では！

ベルトランが出現する。

オンディーヌ　あたしのベルトラン！
裁判官　ベルトラン伯爵でいらっしゃいますか。
ベルトラン　はい。
第一の裁判官　伯爵と二人で騎士どのを裏切ったと、この女がそうもうしております。
ベルトラン　このひとがそう言うなら、そうです。
裁判官　場所は。
ベルトラン　あのひとの部屋、つまりここ。
裁判官　朝か、それとも夕方か。
ベルトラン　真夜中。
裁判官　暑かったか、寒かったか。
ベルトラン　暖炉に薪が燃えていた。オンディーヌも言っていた。暑い、地獄が近づいているって。捏造《ねつぞう》できない、こんな言葉。

水の精の王　完璧。すべては明白だ。

オンディーヌ　なにが完璧なの。どうしてあたしたちの言葉を疑うの。こたえがくい違うのは、みさかいなく、ためらいなく愛しあったからよ。なにもおぼえていられないくらい激しかったからよ。示しあわせておなじ言葉でこたえられるひとたちのほうが、嘘をついてるの。

水の精の王　ベルトラン伯爵、近寄ってこの女を腕に抱いて、キスしてください。

ベルトラン　あのひとの命令でなければ、ぼくは聞かない。

第二の裁判官　ご自分の心はそう命じない、ということですか？

水の精の王　オンディーヌ、お願いしなさい。できないなら信じようがない。

オンディーヌ　お好きにどうぞ。ベルトラン、キスしてください。

ベルトラン　ほんとに？

オンディーヌ　どうしても、してください。一秒だけ、ほんの一瞬だけ。あなたが近づいたときに、あたし、びくっとするかもしれません。もがくかもしれない。でも、そうしたいからじゃないの。気にしないでください。

水の精の王　まだかね。

オンディーヌ　マントをはおっちゃだめ？　服を着ちゃだめ？

水の精の王　だめだ。腕は出していろ。

オンディーヌ　いいわ……、ありがたいわよ……。ベルトランに抱きしめてもらうとき、肩にさわられるのがすごく好き。ベルトラン、思い出すじゃない？　あのきれいな夕方……。待って！　もし腕に抱かれて叫んでも、ちょっと気がたかぶってるだけだから。こんな日だから。ゆるしてね……。でも、もしかしたら叫ばないですむかも。

水の精の王　はやく。

オンディーヌ　気絶するかもしれない。そしたら好きにできるでしょう、ベルトラン、好きにしてね。

水の精の王　もう待たんぞ。

ベルトラン　オンディーヌ。

ベルトラン、オンディーヌにキスをする。

オンディーヌ　（もがいて）ハンス！　ハンス！

水の精の王　これが証拠です、裁判官。騎士どのにとってもわたしにとっても、裁判は終わりです。

オンディーヌ　なんの証拠？（裁判官たちは立ち上がる）。なんだっていうの、なにを信じるつもり。ベルトランに抱かれてハンスって叫んでも、あたしがハンスを裏切らなかった証拠にはならないでしょう。いつでもハンスの名前を叫ぶのは、もうかれを愛してないからに決まってるじゃない。あのひとの名前はもう消えたのと同じなの。ハンスって言うたび、ハンスはへっていくの。あたしがベルトランを好きじゃないはずがない。あのひとを見て。ハンスとおなじ背丈で、ハンスのまえにいるでしょう！

第二の裁判官　判決。

第一の裁判官　騎士どの。本件に関しては、われわれの役目は終わりました。判決に入ります。被告、水の精であるこの女は、その本来の性質を捨ててわれわれの世界に入りこんだ咎《とが》はみとめられるものの、そこにたずさえているものは、ただ愛と善良さだけであるとみとめられる。

第二の裁判官　それも、いささか度がすぎる愛ですな。人生でこのような愛をいだけば、生きることが重くなるだけ。

第一の裁判官　なにゆえ、ベルトランどのと関係があるかのように信じさせたがったのか、その理由は不明である。しかしながら、これを追及するのは本法廷の望むところではない。騎士どのにはご家庭の事情として、お尋ねせずにおきます。被告において、拷問および広場での処刑はとくにこれを免ずるものとし、今夜打ち首に処す。立会人はなし。刑執行までの警備役として、死刑執行人と、またこれなる人物を、本審理への協力に対する感謝をもって命ずるものである。

裁判官、水の精の王を指し示す。

第二の裁判官　ご婚礼を祝う列がチャペルのまえで待っています。わたしたちもご一緒にうかがって、お二人の幸せにあずからせていただきます。

皿洗いの娘、登場。この娘は、ひとによっては絶世の美女に見える。そうでないひとには、ただの下ばたらきの女中にしか見えない。

ハンス　あれは誰だ。

第一の裁判官　どうされました？
ハンス　あそこにいる、まっすぐこちらへやってくる。目の見えない者のように、すべてを見抜く者のように。
第二の裁判官　誰でもいいでしょう。
召使い　だんなさま、皿洗いの娘です。お呼びでしたので。
ハンス　すごい美人。
第一の裁判官　美人、あのちっこいのが？
グレーテ　すごい美人。
召使い　美人？　六十にはなっていますが。
裁判官　騎士どの、先頭にお立ちください。
ハンス　だめだ、まず皿洗いの娘の言葉を聞かないと。この物語の結末を、きっと教えてくれるだろう。さあ聞こう、娘さん。
第二の裁判官　どうかしてる。
第一の裁判官　気の毒に。しかし頭もおかしくなるさ。

皿洗いの娘　わたしはちいさい皿洗い
　　見た目はみにくい、心はきれい
ハンス　韻を踏んでいたろう？
第二の裁判官　いいえ、まったく。
皿洗いの娘　お台所では卑しい小言
　　わたしの誉れは靴下をつくろう仕事
ハンス　この詩に韻が踏んでないっていうんですか？
裁判官　詩？　耳なりでもされてませんか。どこに韻が。
豚飼い　いいや、立派に韻を踏んでおる。
召使い　あんたの豚には韻文なんだろ、おれたちにはふつうの文だ。
皿洗いの娘　パンと、腐ったバターとで、わたしはここに生きている

だから苦痛もつづいている
つらい涙のそのにがさ
皇帝の涙とおなじ塩辛さ
わたしは牛飼いの子にだまされて
お妃《きさき》さまには圧倒されて
宵には王がこう告げる
「正午のころには予も戻る」
キリストよ、城塞の門の入り口で二人の女を見わけたまえ
妃とわたしを区別したまえ
けれどどちらの額にも同じ棘《とげ》！
二人の女の恥辱を濯《そそ》げ！
あなたは祝祭のただなかで、わたしを妃とまちがえる
そしてわたしの頭のうえに、冠をのせてこう告げる
わたしの二人の妃たち、その苦しみは報われん
そなたらに天はひらかれん

ハンス　まさに詩というものでしょう？　これは詩ですね？
第一の裁判官　詩！　銀の食器を盗んだと言いつのられて訴えられたと、下ばたらきの女中の不平を聞かされましたが。
第二の裁判官　十一月に、足のしもやけから血が出たと言っていました。
ハンス　脇にたずさえているのは鎌ですね？
裁判官　いいえ。糸巻き棒です。
グレーテ　鎌よ、金の鎌！
召使い　糸巻き棒。
豚飼い　鎌だ。よく研いである。まちがいない。
ハンス　皿洗いの娘さん、ありがとう。これから約束があるんだ……。みなさん、こちらへ！
召使い　役場がひらきます、だんなさま。

一同退場。オンディーヌ、水の精の王、死刑執行人だけがのこる。

第五場

オンディーヌ　水の精の王

水の精の王はひとつの動作で、死刑執行人を赤い雪の像に変えてしまう。

水の精の王　オンディーヌ、そろそろ終わりだ。

オンディーヌ　かれを殺さないで。

水の精の王　しかたない、契約だ。むこうはおまえを裏切った。

オンディーヌ　そう、あたしは裏切られた。そう。こっちがさきに裏切ったと、叔父さまには思わせたかった。でも、人間たちの感覚を水の世界の基準で計らないで。浮気する男のひとって、たいてい奥さんのことが好きなのよ。浮気するのは、いちばん忠実なひとだったりするの。好きなひとを裏切るのは自分が傲慢にならないため、尻にしかれるため。愛する女性がすべてだからこそ、自分をごくつまらないものと感じたいためなの。ハンスはあたしを家庭のユリ、誠実なバラにしたかっただけ。分別のある女、欠けるもののない女にしたかっただけ。あのひと、いいひとすぎたの……。だからあたしを裏切った。

水の精の王　まったく、まるで人間の女じゃないか。かわいそうに。

オンディーヌ　かれ、ああするしかなかったの……。でもあたしも、どうしたらいいかわからなかった。

水の精の王　おまえはいつも想像力がとぼしかったからな。

オンディーヌ　よくお祭りの夜とか、だんなさんたちが背中をまるめて、おみやげなんか買って帰ってくるじゃない。あれって浮気してきたのよ。奥さんから後光がさしてまぶしいのよ。

水の精の王　あいつはおまえを不幸にした。

オンディーヌ　たしかに。でもそれだって人間の世界のことだから。不幸だということは、だから幸福じゃないということにはならないの。叔父さま、ぜんぜん理解できないでしょう。地上にはすばらしいものがあふれているのに、そのなかでわざわざ、裏切られることを選ぶ。嘘やあいまいさにぶつかるとわかっている状況を選ぶ。そしてそこへ全力で突進する。でもそれは人間にとって、ほんとに幸せなことなのよ。そうしなかったら変に思われるくらい。苦しむほど幸せなの。だからあたしは幸せ。この世でいちばん幸せ。

水の精の王　オンディーヌ、あの男はもう死ぬ。

オンディーヌ　助けてあげて。

水の精の王　おまえがそれを気にしてどうなる！　いいか、あとほんの数分で、おまえの人間界の記憶は消える。水の精たちがおまえの名前を三度呼ぶ。三度目にはすべてを忘れる。あの男の命が尽きるときを、おまえがなにもかも忘れるときにあわせてやろう……。人間的だろう？　それに、わたしが殺すまでもない。あいつはもう寿命がつきている。

オンディーヌ　あんなに若いじゃない！　あんなに強いじゃない！

水の精の王　寿命だ。殺したのはおまえだよ。オンディーヌ、おまえの使うたとえときたらツノザメばかりだが、前、つらそうに泳いでいたツノザメがいたろう。もとは大海《おおうみ》でも、ひどい嵐でも、苦もなくわたれる力があった。ところがある日、晴れた湾の、ほんのちいさな波で、からだの組織がこなごなに砕けてしまった。たった一つの波のふちに、海のすべての刃《はがね》が集まっていたからだ。八日もすると、ツノザメの目はどんより白くなった。唇もだらりと垂れさがった。自分では、なんともない、と言っていた。だがじっさいは死にかけていた。人間の世界でもおなじことだ。樵《きこり》も、法律家も、遍歴の騎士も苦しむ。とはいえ、それは森の大木が切り倒せないからではない、犯罪が多いからでも、怪物のせいでもない。むしろ柳のちいさな枝一本のせい、ちょっとした無邪気な思いのせい、あなたを好きだと言いだす子どものせいなんだ。あと一時間の命だ。

オンディーヌ　あたし、自分の場所はベルタに譲ったでしょう。ぜんぶうまくいくようになってるはず。

水の精の王　想像してみろ。あの男の頭の奥では、もうなにもかもが、ぐるぐる回っている。死んでいく者の耳に聞こえる音楽が、脳のなかでも響いている。あの皿洗いの娘の話、卵やチーズの値段の話が、妙《たえ》なる響きに聞こえたんだ。あの男はいま、ベルタの横にはいない。みんな教会で待ちぼうけだ。あいつは自分の馬のそばにいる。馬が言葉を話している。今日は馬まで韻を踏むんだ。「ご主人さまとは、いまこそ別れ。神のみもとに、迷うことなかれ」

オンディーヌ　そんなの信じない。ほら、歌！　あのひとの結婚式の歌。

水の精の王　結婚なんて、かれにとってはもうどうでもいいんだ。指が痩《や》せると指輪も抜け落ちる、それと同じだ。結婚そのものがあの男からすべり落ちてしまった。いまは城のなかをふらふらさまよっている。ひとりごとをつぶやいてる。言葉は支離滅裂だ。人間が自分自身から逃げだすときは、そういうやりかたになる。それはかれらが、真実のものや純粋なもの、かけがえのないものにつきあたったときだ。そうなると、あいつは気が狂ったといわれるようになる。つまり、いきなり論理的になる。ものに流されなくなる。好きでもない女と結婚したりはしなくなる。草木や水や神の理性を知る。つまり気が狂ったわけだ。

オンディーヌ　あのひと、あたしを呪ってる！

水の精の王　狂ってるんだ……。おまえを好きなんだよ！

第六場

オンディーヌ　ハンス　ついで皿洗いの娘

ハンス、オンディーヌの背後にやってくる。

漁師小屋（第一幕第五場）で、

オンディーヌがハンスの背後にきたときと対の構図。

ハンス　ぼくの名前はハンス。

オンディーヌ　すてきな名前。

ハンス　オンディーヌとハンス……世界でいちばんいい名前。でしょう?

オンディーヌ　でなければ、ハンスとオンディーヌ。

ハンス　あ、それはなし！　オンディーヌがさき。なにしろタイトルだから。『オンディーヌ』。ぼくがこんなふうに、大まぬけで出てくる話、人間らしくけだものだったこの話は、オンディーヌという題になる。この物語で、問題はぼくだ。ぼくはオンディーヌを好きになった。それはオンディーヌがそう望んだから。ぼくは彼女を裏切った。それはどうしようもなかったから。ぼくなんて、馬小屋と猟犬のあいだで生きるようにしかできていなかったんだ……。なのに、すべての自然と運命に挟まれて、つかまった。ねずみとりのねずみだ。

オンディーヌ　ハンス、ごめん。

ハンス　でも、どうしてきみたち女性はいつもまちがえるんだろう。アルテミスとか、クレオパトラとか、オンディーヌとか、きみたちは。恋愛にむいている男って、鼻だけ大きい小男の大学教授とか、腹も唇もでっぷりした金貸しとか、めがねをかけた異教徒(37)なんだ。そのほうが、ものを感じたり、楽しんだり苦しんだりする時間がもてる。それなのに、きみたちがえらぶのはあわれな将軍アントニウスとか、あわれな騎士ハンスとか、なさけない凡人ばかりだ。結局そういう人間は一巻の終わりになる。ぼくなんて、人生でぜんぜん時間がなかった。戦争をしたり、馬を手入れしたり、狩りに行ったり、罠をおいて猟をするので手いっぱい。そこへまた血がたぎるようなことが起きたり、目に悪いものを見せられたり、口に甘いものや苦いものをつっこまれる。天国から地獄まで総がかりで、もみくちゃにされて、粉ごなにされて、生皮《なまかわ》をむかれた。ぼくなんて、およそ冒険を楽しめるたちにはできてなかったんだ。割に合わない。

オンディーヌ　ハンス、さよなら。

ハンス　そしてこうなる。ある日、彼女はいなくなる。いろんなことがようやくはっきり見えた日、自分が好きなのはこの相手だけ、それがわかった日にいなくなる。いなくなったら一瞬も生きていけないと思い知ったとき、いなくなるんだ。やっと相手をとり戻した日、相手のすべてを永久にとり戻したときに、姿を消す。迎えの船がくる。翼がひろがる。ひれが水をうつ。そして言われる。さよなら。

オンディーヌ　あたし記憶がなくなるの。

ハンス　正真正銘のさよならだな。だってそうだろう。ふつう恋人同士なら、死ぬときにいったん別れても、またすぐ会える。未来の人生で、ぜったいにまた会うし、すぐに隣りあわせになる。そしてすぐにわかりあえる。おなじ場所にかさなる、二つの影になる。ふつうひとは、もう二度と別れないために別れるんだ。でも、きみとぼくはちがう。それぞれ「永遠」にむかう、べつの船で離れていく。右側は忘却、左側は死の闇。オンディーヌ、コースをまちがえないで。これは世界で最初の別れ方になるから。

オンディーヌ 生きるほうへむかって……。あたしのことを忘れていいから。

ハンス 生きるほう！　言うのはかんたん、生きる気力が残っていればね。きみがいなくなったら、それまではからだがひとりでにしてきたことを、いちいち命令しないといけない。自分の目にむかって、見ろと言わないと見えない。芝生が緑でも、緑と知らせないと緑じゃない。芝生が黒いってどんな状態か想像してみて……。監督するほうもつかれるよ。五感と筋肉ぜんぶ、骨の髄まで命令、命令。ちょっと気を抜くと耳も聞こえない、息をするのも忘れる。呼吸することがめんどうで死ぬ。誰かを好きでいることに疲れはてて死ぬ。オンディーヌ、今日、ぼくになにを言いにきた？　どうしてわざわざつかまった？

オンディーヌ ちゃんとハンスの未亡人になるからって、言いに。

ハンス 未亡人ね……。ぼくもそのことを考えてた。うちの家系ではじめてだよ、わざとらしく喪服を着たりしない未亡人。それに、こういうことも言わない未亡人。

「あたくし、きれいにしないといけませんわ、そうでないと夫が見てくれませんでしょう？　夫のことを話題にしないといけませんわ、あの世で聞こえるようにしませんと」。結局、残るのはオンディーヌひとりなんだ。ずっと変わらない。そして、ぼくのことは忘れる……。やっぱり割に合わない。

オンディーヌ　そのことなんだけど。安心して、ちゃんと準備したから。ハンス、ときどき文句言ってたでしょう。あたしが家のなかを行き来するとき、判で押したみたいにおなじだって。動作も変わらない、歩く歩数までかぞえる。あたし今日のこと、ほんとはわかってたの、記憶が消えて、水の底へ帰るしかない日がくるって。だから自分のからだが、きまった道順を歩くようにしつけてきた。ラインの河の底で、たとえなにもおぼえていなくても、いっしょにいたときの動作をくりかえすようにおぼえこんだ。洞穴《ほらあな》から木の根に跳びうつったら、テーブルから窓に跳びのったときの動作。砂のうえで貝殻をころがしたら、お菓子をつくるのにパテをこねる動作。屋根裏に上がったり、人間みたいに頭をあげて歩く。のんきな水の精たちのあいだで、ひとりだけ、いつまでもずっと、人間のお屋敷に住んでる水の精がいることになる。どうしたの？

ハンス　なんにも。忘れてたから。

オンディーヌ　なにを。

ハンス　青空を見るとか……。つづけて。

オンディーヌ　きっと、みんなから人間って呼ばれる。頭から水に飛びこんだりしないから。水の中で階段を降りる。水の中で本をめくる。窓をあける。もう全部したくしてあるの。あたしの部屋のシャンデリアも、振り子時計も、家具もなくなってたでしょう。河の中に投げこませたから。それぞれの場所に、ちゃんとある。あたしはもう、そういう暮らしの習慣がなくなったけど。家具とかも、なんだか落ち着かなくて、ぐらぐらしてるみたいだったけど……。でも今夜からはきっと、水の渦巻きや河の流れみたいに、あたしにとってしっかりした、確実なものに見えるようになる。人間の道具がなにを意味してるのか、はっきりとはわからなくても、そういうもののまわりで暮らす。あたしが道具を使わないはずがないと思うし、椅子に腰かけたりしないはずがない。ラインの河の底でも、きっとランプに灯りをともす。鏡も見る……。ときどき、柱時計が鳴る……。このさき永遠に、毎時間ごとに音がきこえる。水の底に、あたしたちの部屋がある。

ハンス　オンディーヌ、ありがとう。
オンディーヌ　だから大丈夫。忘れる側と死ぬ側に別れても、年がたっても、種族がちがっても、ちゃんとわかりあえる。おたがいに忠実でいられる。
第一の声　オンディーヌ！
ハンス　呼ばれてる！
オンディーヌ　三度呼ばれるはず。三度目には忘れるしかない。ハンス、おねがい、最後の時間をむだにしたくない。なにか訊《き》いて！　いろんなことを思い出させて。もう、すぐに消えてなくなる。どうしたの？　すごく青い顔。
ハンス　ぼくも呼ばれてる。オンディーヌ、ぞっとするような青白いもの、ものすごく寒いものが呼んでる。この指輪を持ってて。水の底で、ぼくの、ほんとの未亡人になれるように。
オンディーヌ　はやく！　なにか訊いて！
ハンス　最初に会った晩、外が嵐で、君が扉をあけて、なんて言ったっけ。
オンディーヌ　こう言った。「このひと、すごくきれい」
ハンス　鱒を茹でてもらって食べてたら、いきなり驚かされてさ。

オンディーヌ　こう言った。「すごいけだもの」
ハンス　離れて考えてれば、って言ったときは？
オンディーヌ　「あとになって、きっと思い出すと思う、いまのこと。あのときは、まだキスもしてなかったって」
ハンス　オンディーヌ、待つ楽しみはもう終わり。キスして。
第二の声　オンディーヌ！
オンディーヌ　なにか訊いて！　もっと訊いて！　もう頭のなかがぐしゃぐしゃ。
ハンス　どっちか決めて。キスをするか、話をするか。
オンディーヌ　黙る。
ハンス　ああ皿洗いの娘だ……。見た目はみにくい、心はきれい。
　　皿洗いの娘、登場。ハンス、倒れて死ぬ。
オンディーヌ　助けて！　助けて！

第七場

ハンス　オンディーヌ　ベルタ　水の精の王　水の精たち　召使い　グレーテ

敷石がせり上がる。ハンスはその上に横たわり、腕を十字にかさねている。

ベルタ　誰が呼んだの。

オンディーヌ　ハンスがよくないの！　ハンスが死んじゃう！

第三の声　オンディーヌ！

ベルタ　殺したわね！　殺したのはあなたね。

オンディーヌ　あたしが誰を殺したの……？　誰のことですか？　どなた？

ベルタ　オンディーヌ、わたしがわからないの？

オンディーヌ　奥さま？　わあ、きれいなかた……。ここどこ？　どうやって泳ぐの？　なにもかも硬いし、水もないし……。これって陸地？

水の精の王　陸地だ。

水の精　（オンディーヌの手をとる）オンディーヌ、さあ行きましょ、はやく。

オンディーヌ　ああ、そうね、行きましょう……。待って！　この若いひと、きれい。この台の上のひと。これ誰？

水の精の王　ハンス。

オンディーヌ　すてきな名前。なんで動かないの？

水の精の王　死んだからだ。

別の水の精　（とつぜんあらわれる）時間よ……。行くわよ！

オンディーヌ　このひと好き。生きかえらせるってできない？

水の精の王　できない。

オンディーヌ　（ひっぱられながら）すごい残念。ぜったい好きになったんだけど！

幕

訳注

（1）フーケ……フリードリッヒ・フーケ（Friedrich Heinrich Karl de la Motte Fouqué）はドイツロマン派の作家。一七七七～一八四三年。水の精の物語『ウンディーネ』（一八一一）で知られる。ジロドゥはこの作品からおもな着想をえて『オンディーヌ』を執筆した。くわしくは解説を参照されたい。

第一幕

（2）アルデンヌとシュヴァーベン……アルデンヌはベルギー南部のナミュール州、リエージュ州、リュクサンブール州にまたがる地方をさす。フランス北東部と接する深い森林地帯で知られ、中世には軍事上の拠点とされた。多くの城塞がつくられ、騎士たちの物語とは縁が深い地域である。

シュヴァーベンはドイツ南部のバイエルン州の南西部にあたり、バーデン＝ヴュルテンベルク州にかけての地方をさす。中心的な都市はアウグスブルクで、十世紀から十一世紀頃にかけてはシュヴァーベン公国が成立していた。これもまた、いかにも中世的な地名である。やはり森や湖が多く、ドナウ河が流れ、南はオーストリアに接する。

（3）鱒といえば、茹で上げ……鱒はヨーロッパの魚料理の素材として代表的な川魚であるが、とりわけ南ドイツやオーストリアなどには、しばしば伝統的で有名な鱒料理が伝えられている。ここでいう「茹で上げ」、いわゆる青茹でもそのひとつで、この地方らしさを感じさせる台詞になっている。水に白ワインやブーケガルニなどをいれた茹で上げ用の基本的なブイヨンスープに、少量の酢を加える。川魚の青みが鮮やかに仕上がるとされ、じっさいに見た目も青い。次の場で登場するオンディーヌにとって、これは魚を熱湯に入れる残酷な調理法である。台詞だけではややわかりにくいが、オーギュストたちは娘の怒りを予想してためらっているのである。

なおジロドゥは一九三四年に、俳優のルイ・ジュヴェ、マドレーヌ・オズレーと昼食をともにした際、鱒の茹で上げを注文したことがある。オズレーはこれを嫌い、鱒を街路に投げると脅したという逸話がある。オズレーはジロドゥの作品でたびたび主役を演じた俳優で、この五年後、ジュヴェの演出により『オンディーヌ』のタイトルロールを初演している。オンディーヌの造形にはオズレーの投影が色濃いといわれる。

(4)杜松《ねず》のチップで燻《いぶ》して……ヒノキ科の樹木で、香りが高い。実や木片は香りづけの香辛料にもちいられる。本格的なハムの製法。

(5)あなたのものはすべてわたしのもの……原文はこの一文のみドイツ語で、架空の「ドイツらしさ」を醸している。やさしいドイツ語なので、フランスの観客にとって理解の範囲内でもあったろう。日本での上演に際しては適宜判断されたい。**Alles was ist dein ist mein.**［アレス・ヴァス・イスト・ダイン・イスト・マイン］

(6)オデュッセウスを船に縛りつけた綱……ホメロスの叙事詩『オデュッセイア』の第十二巻にえがかれた逸話。海には、上半身が人間の女の姿をした怪物セイレーンが棲んでいる。人魚である。この魔法の歌声をきくと、船乗りはすべてを忘れて破滅してしまう。キルケーの島から出帆したオデュッセウスはセイレーンたちが棲む海域を通りぬける際、誘惑にまけて海に飛びこまないよう、自分の体を帆柱の根本にきつく縛りつけさせた。

（7）ヴォルフラム・フォン・エッシェンバッハ……中世盛期のドイツを代表する、実在の詩人。一一七〇年頃～一二二〇年頃。一二〇〇年頃から一二一〇年頃にかけて成立したとされる聖杯騎士物語『パルジファル』で知られる。なお、ほぼ同時期にゴットフリート・フォン・シュトラスブルクがあらわした『トリスタンとイゾルデ』第八章には「口から出まかせの言葉を吐く」というエッシェンバッハへの辛評がみられる。ハンスの厳しい評価はゴットフリートに近い。

第二幕

（8）サランボー……古代カルタゴに題材をとった、フロベールの長篇歴史小説。一八六二年作。ローマとカルタゴがシシリアを争ったポエニ戦争のうち、紀元前二六四年から前二四一年にかけておこなわれた第一戦役の終戦後を舞台に、将軍の娘サランボーと、叛乱軍の主領マトーの悲恋をえがいている。のちほど劇中劇にも登場するため、あらすじを記しておく。

カルタゴ軍の将軍ハミルカルにはサランボーという美しい娘がいた。いっぽう、リビア人の戦士マトーは、カルタゴの守りである女神タニトの聖なる衣を神殿から奪い、カルタゴ市民に精神的打撃をあたえる。触れた者は死ぬといわれるこの聖衣を取りもどそうと、サランボーはマトーの天幕を訪れる。二人は愛しあうが、将軍ハミルカルは娘サランボーをヌミディアの王にあたえることを決める。マトーは戦いに敗れてカルタゴ軍にとらえられ、サランボーの結婚式の当日、群集に虐殺される。結婚の盃をかわす場で、サランボーも命がつきる。

歴史上の記録としてはポリュビオスの『総史』などが知られるが、サランボーという人物やタニトの聖衣という道具だてはフロベールの創造による。さらに、これを歌劇としたのはジロドゥの独創である。

(9) オルフェウス……オルフェウスはギリシア神話の登場人物。異説も多いが太陽神アポロンと、音楽神ムーサの一人カリオペのあいだに生まれたとされる。トラキアの詩人で竪琴《たてごと》の名手。けものたちもその音楽には魅惑され、近寄ってうっとりと耳をかたむけた。

(10) メリザンドの髪の毛……メリザンドは泉の乙女、水の精。メーテルリンクが一八九二年にあらわした戯曲『ペレアスとメリザンド』のヒロインである。ドビュッシーのオペラや、フォーレの劇音楽、組曲などはこの作品をもとにつくられた。メリザンドはブロンドの長い髪をもち、この髪の毛を塔の窓からたらして戯れる場面が、三幕二場にえがかれている。髪はこのヒロインの象徴。

(11)ヘクトルのよろい……ヘクトルはトロイア王家の王子で、王プリアモスの長子。武名の高い勇壮な戦士で、ホメロスの叙事詩『イリアス』では「青銅のよろいのヘクトル」「輝くかぶとのヘクトル」などの形容が冠せられる。よろいかぶとはこの人物を表象する属性のひとつである。

(12)イスの町……ケール・イス、あるいはケル・イス。フランスのブルターニュ地方の、海に沈んだとされる伝説の町。多くの異聞があるものの、魔物の力で海水が町に押し寄せ、水没したという点は共通している。水の怪物にまつわる伝承のひとつ。イスの町は、海の魔物と親しい王女のダユが、父グラドロン王に願って海辺に建設させたものであった。町が水の底に沈んだのちも、キリスト教徒の王が町に建てさせた教会や大修道院の鐘が、波の下で鳴りひびくという。

(13)ユダが首を吊った樹……イスカリオテのユダは銀貨三十枚とひきかえに師イエスを敵の祭司長たちに売り渡した。そののち自己を悔いて銀貨の返却を申し出たが拒絶され、銀貨を神殿に投げこむと、首を吊って自死をとげた。新約聖書「マタイによる福音書」二十七・五ほか。なお「ユダの樹」としてはセイヨウハナズオウの樹が知られている。ユダが縊死《いし》をとげた樹木と言いならわされ、春に紅色の花をつける。学名 cercis siliquastrum 。

(14)『アエネーイス』……アエネーイスとはラテン語で「アエネーアスの歌」を意味する。古代ローマ時代に成立した英雄叙事詩で、ラテン語文学の黄金期を築いた詩人ウェルギリウスの代表作。作者は紀元前七〇年生、前一九年没。叙事詩の主人公であるトロイア王家の王子アエネーアスは、ヘクトルにつぐ勇壮な武将とされた神話的人物である。『アエネーイス』は、この英雄が、ギリシア軍の侵攻にあって陥落した母国をのがれ、遍歴の苦難をへたのち、未来のローマとなる国の礎を築くまでをえがいている。読みこなし、写本をおこなって味わうにはラテン語と韻文の知識が必要になる。ここでベルタは古典に造詣が深い自分の教養を言外に示唆している。

(15)『悲しみの歌』とオウィディウスの涙……オウィディウスはウェルギリウスと並ぶ、ラテン語文学の代表的な詩人。ローマの花形芸術家であったが、皇帝アウグストゥスによって黒海沿岸の寒冷地トミス(現在のコンスタンツァ)に追放され、一転して流謫《るたく》の身として人生を終えた。紀元前四三年生、後一七年没。『悲しみの歌』は流刑地で書き上げられた作品で、深い失意が全体の色調をなしている。ベルタはこれを金箔で飾り、瀟洒《しょうしゃ》にしあげようとかんがえているのである。この人物の造形として効果的な作品名である。

作中、涙にまつわる描写としては、たとえばつぎのような箇所がある。

「旅が終わり、旅の苦労も一段落し、

処罰の地に到着すると、

私はひたすら泣きたくなり、私の目からは

春の雪融け水よりも多くの涙が溢れ出てくる」

「悲しみの歌　第三巻第二歌　流謫よりも死を」から

『オウィディウスⅡ　悲しみの歌　黒海からの手紙』

木村健治訳、京都大学学術出版会（一九九八）

(16)　たて笛……もっとも習得がたやすい楽器という含意がある。『ハムレット』三幕二場には、たて笛を吹くことは「ホラを吹くのとおなじくらい、かんたん」という台詞がある。

(17) 側対歩……片側の前脚と後脚を揃えて上げる歩き方。アンブル(l'amble)。

(18) ヘラクレスの手柄……ヘラクレスはギリシア神話の英雄で、ゼウスとアルクメーネーの息子。ゼウスの正妻のヘラはほかの女性が産んだ子に敵意を感じ、ヘラクレスのゆりかごに二匹の蛇を送って殺害しようとした。しかし赤ん坊のヘラクレスは蛇を両手で絞め殺してしまう。さらにヘラクレスは長じて十二の難行《なんぎょう》を課される。みごとに解決し、ヘラクレスの十二の手柄といわれた。なお、ここでは九つとされている。このあと第十三場では、サランボーの歌手を黙らせることが「ヘラクレスの八番目の仕事」とあるが、そちらもジロドゥの独創である。いっぽうで、ヘラクレスがじっさいに中世の貴族社会で崇拝された史実はある。たとえば一四六八年のブルゴーニュ公の結婚の祝典では、ヘラクレスの十二の手柄の各場面が宴席の出しものとして演じられた記録がのこされている。ジロドゥは故事古典に精通した演劇人であり、このあとも神話と史実と虚構のあわいで観客をたくみに攪乱し、たのしませていく。

(19) レルネのヒュドラ……ヒュドラは正確には、魚ではなく水蛇。九つの頭をもつ水の妖怪で、中央の頭は不死である。アルゴスの地方を荒らし、沼地レルネに棲息していた。ヘラクレスはヒュドラの頭をすべて焼きはらい、のこった不死の頭は切りおとして大きな岩の下に埋めた。ヘラクレスの十二の手柄としては二番目。ここでは六番目とされている。

(20) アルキュアン博士……アルキュアン卿は歴史上に実在した人物で、中世のラテン語学者である。七三五年頃に生まれ、八〇四年頃に没した。シャルルマーニュ帝時代に、当時の文化大臣にあたる要職をつとめた。

(21) オムパレ……ギリシア神話の人物で、リュディアの女王。ヘラクレスを買いとり、一年間奴隷にした。ヘラクレスはこの間オムパレの恋人として放恣《ほうし》な生活をしたという説もある。現存する多くの神話にしたがえば、これはヘラクレスが十二の手柄をおさめたのちの、べつの逸話にあたる。

(22) ヘラクレスの柱……ジブラルタル海峡の両岸にある二つの岩山「ジブラルタルの岩」と「アチョ山」をさす。ヘラクレスはさまざまな土地を訪れた。リビアとヨーロッパの国境には二つの山をつくって記念とした。あるいは、一つの山を二つに分割し、両岸に配してジブラルタル海峡をつくったという。これがヘラクレスの柱とよばれた。

(23) トリスタンとイゾルデ……十二世紀から十三世紀頃にかけて、ケルト神話からの伝説とさまざまな創作、さらにそれらの異本によって広く欧州に流布した悲恋の恋人同士の物語である。コーンウォールのマルク王の甥トリスタンと、マルク王に嫁ぐ王女イゾルデは媚薬によってはげしい恋に落ち、死を遂げる。

(24) パルジファル……中世のアーサー王伝説、聖杯伝説につらなる物語中の騎士。十二世紀末のクレティアン・ド・トロワの作品、十三世紀初頭のヴォルフラム・エッシェンバッハの作品などをつうじて後世に知られる。キリストの血をうけたとされる聖杯を探し、若さからあやまちをおかすが、遍歴のはてに恩寵《おんちょう》をえて聖杯の王となった。『オンディーヌ』の作中に言及されているなかでは、めずらしく幸福に生を終えた人物である。

(25) クリームヒルト……中世叙事詩、北欧神話の人物。グドルーン。クリエムヒルト。夫の復讐に生きた壮絶な女性。十三世紀初頭に成立したとされる南ドイツの叙事詩『ニーベルンゲンの歌』などで知られる。ライン河のほとりに住むブルグント族の王女で、英雄ジークフリートの妻。ジークフリートはブルグント族内部の陰謀により、泉のかたわらで投げ槍によって命を落とす。クリームヒルトは復讐のために異族の王と婚姻を結び、その力を背景にブルグント族と闘争をおこなって仇敵を殺害する。最後はみずからも刃をうけて絶命した。

(26) ハンニバル……実在のカルタゴの将軍。ハミルカル・バルカスの息子。前二四七年頃に生まれ、前一八三年に没した。前二一八年から前二〇一年にかけての第二ポエニ戦争で、ローマ軍に大勝利をおさめた名将として知られる。アルプスを通過してイタリアまで進攻した。のちに、劣勢をたてなおしたローマ軍に北アフリカで敗れる。サランボーは架空の人物であるが、ハミルカルの娘というフロベールの設定にしたがえば、ハンニバルの姪ではなく姉妹にあたる。

第三幕

(27) ビンゲン……ドイツ南西部の町。ラインラント・プファルツ州に属する。ライン河に臨んでおり、水と縁の深い古い土地。十二世紀の修道女で『自然学』を残した神秘思想家、ビンゲンのヒルデガルトを想起させる固有名でもある。

(28) クロイツナッハ……ドイツ、ラインラント・プファルツ州の町。バード・クロイツナッハ。静かな温泉町で、ナーエ河に臨んでいる。前項のヒルデガルトがいた修道院はナーエ河に近い。

(29)サラマンダー……火の中に住むとされる精。火を食べるともいわれる。トカゲや竜の姿であらわされることが多い。パラケルススの分類では、世界を構成する四元素をささえる四種の精霊の一つ。

(30)テュービンゲン……ドイツ南西部のバーデン＝ヴュルテンベルク州に属する。小さな町だが、中世以来の学都として名高い。町を流れるネッカー河は森林地帯シュヴァルツヴァルトから流れ出て、ライン河に合流していく。錬金術に造詣が深かった神学者ヨハン・ヴァレンティン・アンドレーエにまつわる薔薇十字団の伝説と縁が深い地名でもある。

(31)アウグスブルク……ドイツ南部の大きな町でバイエルン州に属する。州都ミュンヘンからは五十キロほど西北西に位置し、ドナウ河の支流レヒ河がとおる。前十四年にローマ人が建設した由緒ある古都で、周辺には森林と農村地帯がひろがる。南はアルプスにつづいていく風光明媚な土地である。

(32)レーゲンスブルク……ドイツ南東部の、バイエルン州に属する町。中世にはバイエルン大公国の中心都市として栄えた。アウグスブルクから百二十キロほど北東にある。ドナウ河に臨む町であり、水の精がとらえられ殴り殺されたという現場はこの河を連想させる。かつてバイエルン・ミュンヘン大公エルンストは、息子アルブレヒトの内縁の妻アグネス・ベルナウエルを魔女としてドナウ河で溺死させており、かならずしも現実とかけはなれた逸話ではない。

(33) ニュルンベルク……ドイツ・バイエルン州に属する、代表的な中世都市のひとつ。バイエルン、フランケン、シュヴァーベン地方などの連絡路の合流点にあたり、ペグニッツ河を擁する。レーゲンスブルクからは九十キロほど北西にあたる。

(34) イエスがエルサレムに入る際、驢馬《ろば》と子驢馬に乗り、喜びに満ちた群衆の歓呼に迎えられたことは各福音書に記されている。「シオンの娘に告げよ。見よ、お前の王がお前のところにおいでになる、柔和なかたで、驢馬にのり、荷を負う驢馬の子、子驢馬に乗って。」新約聖書「マタイによる福音書」二十一・五。

(35) 棕櫚《しゅろ》の枝……棕櫚は勝利、歓喜、栄誉を意味する。喜びと祝福の象徴。なお同時期のジロドゥの戯曲『エレクトラ』(一九三七)にはつぎのような表現がある。「(もし人びとや城を救うのであれば)いまこそ神の使者は、神のゆるしと棕櫚の枝をかかげてあなたがたのところに姿をあらわすはずです。でも使者は来ないでしょう。」第二幕第八場。

(36) ブラバント……中世に大きな発展をとげた、ヨーロッパ西部の旧公国。現在のベルギー中部・北部からオランダにかけての地域にあたる。裁判官たちはブラバントで魔女裁判をおこなったことを示唆しているが、ブラバントと、中世における魔女あるいは冤罪《えんざい》という結びつきは『グリム伝説集』などをへてヴァグナーの楽劇『ローエングリン』にものこされており、想起性は高い。『ローエングリン』ではブラバントの公女エルザが魔女としていわれのない告発をうける。また十三世紀のバイエルン公ルートヴィヒ二世に嫁いだブラバントのマリアは、一二五六年に冤罪で処刑された。

(37) めがねをかけた異教徒……原文は「めがねをかけたユダヤ人 (les juits à lunettes)」。人種の固有名がもつ含意について、二十一世紀の日本人が二十世紀前半の欧州の人びととおなじ解釈の地平を共有しているわけではない。機械的な直訳を避け、より近似の表象性をもとめて異教徒という語をあてた。

解説　虚構の中世の時空と論理

二木麻里

むかしむかし、ドイツの森で、ひとりの騎士が水の乙女に会いました。
騎士は乙女を愛したけれど、愛しきれずに裏切りました。
結局王女をえらんだ騎士は、結婚式のその朝に、自分を悔いつつ死にました。
誰も幸せにならなかったこのお話を、どうか忘れずにいてください。
なぜなら騎士は、あなたやわたしと変わらない、ふつうの人間であったから。

『オンディーヌ』という戯曲を、古い昔話にすこしだけ似せて語るなら、たとえばこんなふうに語ることができるかもしれない。もちろん、じっさいにこのとおりの民話があるわけではない。もとは中世までさかのぼる異種婚姻譚《いしゅこんいんたん》を源流にもつ物語ではあるけれど、ここに訳出した『オンディーヌ』は一九三九年にパリで初演されたフランス語の創作劇であり、ジャン・ジロドゥの代表作である。その緊密な劇構造や洗練された台詞はこび、独創的なヒロイン像、そして人間への深い洞察によって絶賛を博し、二十世紀の古典としていまもおりおりに上演されている。

ジロドゥという作家は、外交官をつとめるかたわら小説、随筆、批評、戯曲など多彩な文章を手がけた、まことにフランス的な教養人であった。とりわけ戯曲の領域では、一九二〇年代の終わりから十年あまりにわたってつぎつぎと新作を発表し、その多くで世を沸かせた第一級の名手である。そしてさまざまな意味で、その創作活動の頂点をなすのが三九年の『オンディーヌ』であるといってよい。

現代のわたしたちにとって、『オンディーヌ』は二十世紀屈指のファンタジーとして読むことができる作品である。同時にそれは、いにしえの世界を借りて語られた、どこまでも現代人のための寓話をなしている。ここでえがかれた神話のような恋の奥には、さらに深刻な物語が響いている——それは昔も今もあまりにも克服されない「人間の弱さ」の物語である。

一組の恋人たち、とりわけ、人間ではない自然界の精に憧れた青年の心を一つの焦点とするこの劇の主題は、怖ろしいほど予見的なものだったといえるだろう。それは「愛した自然を裏切り、踏みにじってしまう人間」という、現在のわたしたち自身に直結する主題だからである。

近代は、自然と人間とを、深く、はげしく分断した。人間は、人間のための閉じたメカニズムを徹底的にみがきあげることに執念を燃やした。メカニズムから外れた声には、しばしば耳をとざした。その堅固な閉鎖の愚昧《ぐまい》と悲惨が、このファンタジーのなかではかたちをかえて問われていく。それは二十一世紀のいま、巨大な負債としてわたしたちが返済を迫られつつある問題にほかならない。

けれどその困難な問いを、十五歳の愛の物語にたくす作者の手ぎわは軽々として、どの幕からも愉しげな微笑が伝わってくる。ジロドゥという作家がどれほど時事政局に通じ、現代社会のありかたに思いをめぐらせて論じたかは多くの時評からもあきらかであるのに、作中では、ときに渾身の思いをおしかくして、読み手を笑わせることをためらわない。ちりばめられた愉快な対話は、まるでこのひとの品位と精神力の結晶のように、明るく澄んで響く。

考えてみれば、いまわたしたちが直面する深刻な現実も、どう見ても喜劇的な局面を無数に生み出している（二酸化炭素の排出量をほかの国から買う？）。悲劇とは視点をずらせば、信じがたいほどの滑稽さをおびるものなのだ。ジロドゥはそのことをよく知っていた。だからこそだろう、『オンディーヌ』には魔術のような二重性が満ちている。たとえば喜劇性と悲劇性の拮抗、たとえば中世の衣をまとった現代——。ほんとうのことは嘘のように、嘘のことはほんとうのように。ぬけぬけとした上品な嘘は、しかしその奥にひそむ現実を透きとおして、わたしたちの心を鋭く射抜く。ジロドゥのえがく幻想世界は、いわば精緻な透かし彫りの嘘なのである。

この戯曲は、ときに美少女の悲恋という情緒的な美しさで語られてきた面が大きいといわれる。本文をお読みになって、軽やかなトーンに意外な思いをされた読者のかたもあるかもしれない。けれど戯曲におけるジロドゥの最大の特徴の一つは、そのタッチの軽さと機知にある。フランスで、このひとの劇の上演においては、しばしば客席がどよめくような笑いにつつまれたと伝えられる。じっさい、もっともジロドゥらしいといわれる悲劇のヒロインたちは、しばしば「世間から見ると変な娘」であることが多い。

『オンディーヌ』は悲劇なのだろうか、喜劇なのだろうか。古典的な悲劇の要とは「ひとの死」であった。のがれようのない必然によって死へおいつめられていく人物たちの運命と、その懊悩をともにした観客のなかにうまれる浄化や昇華が悲劇の機能であるというアリストテレス以来の定義から見れば、『オンディーヌ』はまちがいなく悲劇である。

ところが『オンディーヌ』は充分に喜劇的でもある。笑いや風刺、パロディーの匂いがいたるところに埋めこまれている。劇中、もっとも深刻な真実が告げられるときは、しばしばふざけているかのように告げられる。たとえばオンディーヌの特異な出生を告げるオーギュストは、前後不覚に酔っている。悲劇と喜劇を重ねたまま、さらさらと進行していく離れわざが、この作品をささえている。

観客は、笑っているうちに、ぬきさしならないところへ連れていかれる。「真実という恐怖」をくるんでいた冗談の衣が、最後にざっと落ちたときの衝撃が、大詰めでは待ち受けているのである。

〈あらすじと、空間的な構造〉

この戯曲は、難度の高い創作技術が駆使された作品でもある。まず、空間的な配置について検討しておく。全三幕のあらすじをかんたんに記してみると、ひと幕ずつの劇空間が三つの極としてはたらき、対照的な局面をあらわすよう設計されていることがわかる。『オンディーヌ』という作品は、いくつかの点でシンメトリカルな三角形の構造をそなえている。

第一幕。年老いた漁師夫妻の小屋。遍歴の騎士ハンスが一夜の宿をもとめて訪れる。ハンスにはベルタという婚約者がいるが、漁師の養女オンディーヌと恋に落ち、結婚を決める。オンディーヌは水の精である。オンディーヌは世間の作法を無視して天衣無縫《てんいむほう》にふるまう。

第二幕。王宮。祝宴で、オンディーヌを裏切ると、ハンスは死ぬ。

これを恥じたハンスは、かつての婚約者ベルタにふたたび親近感をもつ。（こののち、第三幕にいたる時間的経緯のなかでベルタはハンスの子を妊娠し、オンディーヌは前後して姿を消す。このいきさつは第三幕で語られる。）

第三幕。ハンスの城。ハンスとベルタの婚礼の朝、オンディーヌはとらえられ、水の精として裁判にかけられる。再会したオンディーヌをまえに、ハンスは自己の本心——彼女への愛情——に気づく。しかしこのときハンスの寿命はつきている。ハンスは死に、オンディーヌは記憶をうしなって水の世界に連れもどされる。

空間として、第一幕は人里はなれた森の奥の漁師小屋、いっぽう第二幕は貴族層が集う王宮の祝宴という対照をなすようおかれている。これは劇の演出上も華やかな動性を生むいっぽう、その視覚的なたのしさの内側に重要な表象性がふくまれている。すなわち、森や湖は自然の世界を表象する空間であり、王宮は人間の世界を表象する空間なのである。自然界と人間界という二つの異質な論理が出会うことで齟齬《そご》をきたすこの物語の構造的な必然が、空間表現という面から裏づけられている。

第一幕と第二幕、対照的な二つの空間で示された二つの論理が、それぞれに裁かれて一つの帰結にいたるのが第三幕である。

第三幕で舞台になるハンスの城は、人間が築いた空間であると同時に、周囲には水が迫るという立地にある。これはこの空間が、第一幕と第二幕であらわされた二つの空間が歩み寄る、中間地帯であるとかんがえることができる。

さらにこの城は中間地帯であると同時に、人間の空間が、自然という、より大きな空間にかこまれた場所であるという構図もそなえている。終結部で、ハンスは命をうしなうがオンディーヌは変わらず生きのこることが語られる。自然のほうが大きなものであるという物語の帰結と最終的な価値観は、この空間的示唆と一致している。

城の空間で起こるおもなできごとはオンディーヌの裁判である。この審理は、自然の論理と人間の論理、二つの論理を裁く二重の裁判になる。というのも、直接の目的としては水の精を裁いているにもかかわらず、そのプロセスをつうじて、じつは人間の裁定もおこなわれることになるからである。いいかえれば被告のオンディーヌを裁くことをつうじて、原告ハンスも裁かれていく。

裁判官たちがオンディーヌを裁くプロセスは、パロディックな仕方で魔女裁判を想起させるもので、おかしな論点がつぎつぎともちだされる。ところが奇妙な証拠がつみかさねられたさきに、じつはオンディーヌが無実であるという逆説的な真実が浮かんでくる。その結論をみちびくきっかけになるのはハンスの追及である。ハンスはオンディーヌを責めることを契機として、相手の偽証の奥にかくされた事態の核心、すなわちハンス自身の虚偽と裏切りをあらわにする。裁判官たちはこれを正確に洞察し、この娘がたずさえていたものは、ただ愛と善良さだけであると結論を出す（本文203ページ）。

いっぽう、水の精の側も、異なる審級において裁かれる。水の精の王はオンディーヌの偽証を暴くことに加え、人間が破滅するのは「あなたを好きだと言いだす子どものせい」（本文212ページ）であることを告げる。すべての事態の発端にはオンディーヌ自身の動機があったことが、ここで確認される。

こうして二つの論理は拮抗しつつ、最終的な結論へと歩み寄る。すなわち水の精は人間を愛し、人間は水の精を愛したという事実がみとめられ、たがいの代償が支払われるとともに、ある悲劇的な和解に到達する。すなわち二人の当事者は永久の別離に至り、だが愛そのものは一つの事実として永久にのこされる。水の底で鳴る時計は、自然界のなかに人間のしるしを永久に刻むことになるだろう。それがこの中間地帯の空間で宣言されることである。こうして三角形は閉じ、物語は終わる。

〈主導人物の配置〉

いっぽう、それぞれの幕を主導し、進行を支配する人物の配置という点からは、第一幕と第三幕をシンメトリーとした三角形を見ることもできる。

第一幕の主導人物はあきらかにオンディーヌである。ハンスはオンディーヌに魅了され、その行動を受容する側にすぎない。オンディーヌが貫こうとする恋愛を阻止するために対抗するのは、彼女自身が属する自然界の者たちである。その異議を却下しつづけるオンディーヌは、幕の最後で自己の意志を最大限に解放し、水の世界から人間の世界へとおもむくことを宣言する。

第二幕の主導人物は、侍従と水の精の王という、両界を象徴する二者である。侍従は社交界の価値基準を体現して宮廷人を制御する。水の精の王は自然界の魔法をつかって異なる時間を呼び出しては、侍従の望む展開を早め、その実現を強化する。二つの世界のオーガナイザーは協力して、オンディーヌとベルタとハンスという小三角形がはらむ必然的方向、すなわち破局を表面化させていく。

第三幕の主導人物はハンスである。この幕の主要なできごとである裁判は、ハンスの要請によってひらかれる。その審理の基準に異議をとなえるのもハンス自身である。ハンスがめざす方向に疑問を呈するのは、ベルタや裁判官という人間の世界に属する者たちである。しかしハンスは豚飼いを呼び、審理の論点を変えさせ、みずからの結婚式をほうり出して自己を貫く。幕の最後では、指輪が抜け落ちるように世俗を脱して自然の声を聞くに至る。人間の社会的規範に照らすなら狂気であるが、その中で自己自身と愛情とが直視されて死の帰結にいたったことが示唆される。
全体ではオンディーヌが主導した第一幕の事象と、ハンスが主導した第三幕の事象とが対称をなしている。

〈時間的な構造〉

つづいて、時間的な構造についてふれる。この作品は第二幕で、時間を早送りにするというめずらしい趣向が導入されており、未来に起こることをさきどりしてみせる。さらに第二幕と第三幕のあいだにおかれた時間が長く、ここで十年という歳月を飛びこえる。『オンディーヌ』の時間は、第二幕から第三幕にかけて加速していくといえるだろう。作者は時間を自在に制御している。
まず、第一幕の時刻は夜である。具体的には、夕食どきから騎士が眠りにおちるまでの数時間とかんがえることができる。この間に、主人公たちの最初の出会いがなされ、劇的な心境の変化が起こり、その変化が完遂する。すなわち短時間のうちに、赤の他人が恋人同士になるのである。天候は荒れ模様で、内的な変化の緊迫と呼応している。

第一幕と第二幕のあいだにおかれた経過時間は三か月である。この間、ハンスとオンディーヌは幸福なハネムーンをすごしたことが第二幕で言及されており、恋人から夫婦に変わるという社会的な立場の変化をへている。

第二幕は、時間的には複雑な多重構造をつくっている。全体の枠組みとして設定された時間は、王宮の祝宴がはじまる直前から、宴が中断して終わるまでの数時間とかんがえることができる。正餐を待つ時間帯であり、鳥たちが飛び回っていること、中庭での会話があることなどから、時刻は日のある時間帯、日中とかんがえることが妥当であろう。枠時間としておかれたこの数時間のなかに、異時間のできごとがいくつも挿入される。挿入された時間の性質はさまざまで、全体はパッチワークのようになっている。

一度目の挿入時間は、本来であれば宴の数か月から半年後に起こるはずのこととかんがえられる。「人生で半年は節約できる」（本文91ページ）という侍従のことばにしたがうなら、半年後である。ここでハンスとベルタの再会がおこなわれる。このときベルタがハンスにキスをしたため、ハンスは動揺し、ベルタの小鳥が死ぬ。

この挿入時間は、しかしじっさいには枠時間に連続するものとしてあつかわれている。つまりここでのできごとは祝宴の流れとつながり、小鳥が死んだことが宴のなかで紛糾の材料になっていくからである。正確にいえば、半年後という未来からハンスとベルタの精神的距離と、できごとを切り取ってきて枠時間に貼りこんだ状態である。

二度目の挿入はさらに時間をへて、年が明けた翌年に起こるはずのこととされ、ハンスとベルタは友人といえる距離まで近しくなっている。じっさい、小鳥の死の直後であれば、まだハンスはベルタとこれほど自然にうちとけてはいないだろう。そしてここも、対話の内容は枠時間に連続するものになっている。オンディーヌを宴でどう紹介するのか（本文104ページ）とベルタが尋ねているからである。つまり一年後の時間から、両者の近しい距離感だけをもってきて貼りこんだ状態ということになる。

さらに、三度目の挿入に見える場面がある。水の精の王が、ハンスとオンディーヌが最初に仲たがいをする場面である（本文121ページ）。これは自分が準備したものではないとことわるとおり、この仲たがいは祝宴の枠時間のなかで起こるのであるが、物語の進行としては、あらかじめ二度の挿入を使ってハンスとベルタが近づくという展開を圧縮して示し、ついでハンスとオンディーヌの距離がはなれていくという対照的な展開をおなじリズムで見せることに成功している。両方の展開が、このあと述べるように最終的には枠時間に吸収されて一つの流れに収斂するのである。

このほか、漁師のオーギュストが憧れのヴィオラントに出会う別時間も挿入されている（本文108ページ）。ここは枠時間との連続性はない。そのまま異時間の挿入ととらえることができる。

そもそもこの幕は冒頭から、街や樹木やヴィーナスなどがつぎつぎに呼び出されている。初演でもこれらの大じかけの装置が豪奢な仕方で導入されて客席をわかせたことが知られているが、この序盤の趣向からなめらかにつながっていく挿入時間の連続は、見た目の華やかさにとどまらない頭脳的な「しかけ」であるといえるだろう。

この幕では最後に、ベルタが湖畔で生まれた当時、という別時間が挿入される。これは過去の時間である。ここまでの流れでいえば、未来・現在・過去という順序で時間が挿入されていることがわかる。ベルタとハンスの未来、オンディーヌとハンスの現在、そしてベルタの過去である。枠時間の進行とは逆行する趣向であることも興味深い。

この最後の挿入は幕中でもっとも大がかりなもので、劇のなかで隠されている真実が劇中劇をつうじて明かされる、という古典劇の伝統をふまえている。しかしこれは通常の意味での劇中劇ではない。魔法によって宮廷の大広間のまんなかに呼びこまれた異時間であり、しいていうなら「異時間劇」である。さらに複雑なことに、冒頭から懸案になっているサランボーの幕間劇という余興が、ここに並行して重ねられる。ふつうの意味では、そちらが劇中劇なのである。

この歌手の登場は、最初は読者をとまどわせるかもしれない。機能としては、「異時間劇」で語られる台詞の内容が、歌のかたちでも象徴的に告げられていると理解できる。ヴェールをとりさってあらわにされる真実、という「異時間劇」の進行を、劇中劇がパラフレーズする二重提示の構造である。

時間的に見ると、歌手の二人は祝宴の枠時間のなかに存在している。歌手は、ベルタの肩のヴェールがはずされて出生の秘密があらわれるという枠時間全体の帰結にむけて、湖水の「異時間劇」が告げるメッセージをささえていく。

いいかえれば、幕の最初からここまでは、かわるがわる入れ替わりながら提示されてきた枠時間と挿入時間のできごとが、このクライマックスの場面では重ねられ、同時に流れている。多声音楽でいうストレット、つまりそれまでべつべつに提示してきた複数のモチーフを最後に重ねあわせる技法である。

文学において、複数の筋を最後に重ねるというストレットは、ミラン・クンデラの『冗談』をはじめ、小説作品でいくつか有名なものが思い浮かぶ。しかし二つの時間を重ねたと解釈できるストレットはめずらしいのではないだろうか。この点をふくめ、この劇の時間的技巧の山場は第二幕にあるといってよい。

この幕がおりたのち、第三幕までの経過時間はさきにふれたように十年と言及されている。この間、ベルタはハンスの子を妊娠し、オンディーヌはこれと前後して姿を消す。

第三幕の時間は、裁判をおこなう数時間のあいだと解釈することができる。時刻は朝。晴れた朝という設定は、命がつきるときにみずからの正直な思いに気づいた騎士の、遠い諦念という内面にふさわしく呼応している。『オンディーヌ』という戯曲は、荒れ模様の夜である第一幕、日中におかれた第二幕、そして青空がひろがる朝の第三幕という時刻の対照性が明確な作品であることがわかる。

第三幕には、複雑な時間構造はない。劇中時間は上演時間とともによどみなく進行し、その間にハンスは表層的な社会適応の姿勢を捨てて真実を直視するという劇的な変容をくぐり抜ける。この変容が完成したとき、異なる二つの仕方で時間が止まる。すなわち騎士の場合には死、水の精には永遠の忘却である。二つの時間の停止を見とどけて幕がおり、劇の時間も止まる。

〈フーケの『ウンディーネ』との関係〉

ついで、作品の背景にひろがる史的水脈を遡行《そこう》してみる。まず「フーケのおとぎ話にちなんで」という巻頭辞のとおり、ジロドゥの『オンディーヌ』では、フリードリッヒ・フーケがドイツ語であらわした『ウンディーネ』がもっとも直接的な仕方で参照されている。のちほど作者紹介で記すように、ジロドゥはドイツ語とドイツ文学を専攻した学生であった。フーケの作品との出会いは、この青年期にさかのぼる。

フーケは十九世紀前半に活動した作家で、文学史上ではドイツ後期ロマン派に分類される。現在のフランスとドイツにあたる両方の地域にまたがる貴族の家系で、北欧伝承やケルト伝説など民俗学的史料につうじていた。『ウンディーネ』も、森や自然の魔力との親和性が高い小説である。

作品世界の雰囲気は大きく異なるものの、ジロドゥはこの物語を大筋で踏襲しているので、共通点の指摘にかえてあらましを記しておく。

騎士フルトブラント・フォン・リングシュテッテンは、婚約者ベルタルダの要請で森を抜けるこころみの途中、岬の漁師の家を訪れる。ここで、魅力的だが落ちつきのない不思議な娘、ウンディーネと出会って結婚する。ウンディーネは結婚を境に見ちがえるほど思慮深い成熟した女性に変わり、自身が水の精であること、人間と結ばれたことによって魂を得たことを騎士にうちあける。人格が変化した理由は魂の獲得にあることが示唆されている。

夫婦として街に戻った二人は、もとの婚約者ベルタルダと友人として親しく接するが、ウンディーネは善意から、藩主の養女であるベルタルダがじつは漁師の娘であることを知らせてしまう。ベルタルダは激怒するものの、自分の娘は両肩のあいだと左足の甲にあざがあるという漁師の証言により、事実をうけいれるしかなくなる。零落《れいらく》したベルタルダを、ウンディーネたちは居城に迎える。

なお城での生活について、フーケは「あらましをかんたんに通りすぎる」と読者にわびている。これは時間を早回しにする、というかたちで、より複雑なジロドゥの劇作技法に発展したと解釈することもできるだろう。フーケの要約によれば、ようするに騎士の心はウンディーネから離れてベルタルダに移っていった。

城には不思議な魔物が出入りする。ウンディーネは、叔父である魔物キューレボルンなどを封じるため、城の泉を封印させる。こののちベルタルダが魔物に殺されかけたりといった紆余曲折をへるが、騎士はウンディーネの周囲の不思議な気配をうとましく思うようになり、ドナウくだりの際、ついにウンディーネを激しく侮辱してしまう。ウンディーネは、貞節を守るようにと夫に警告をあたえながら、かなしげに水に沈んで去っていく。

やがてベルタルダと騎士フルトブラントは結婚することを決め、婚礼の日にベルタルダは泉の封印を解かせる。すると泉からウンディーネがあがってきて、騎士を抱きしめ、涙をそそいで殺してしまう。掟により、そうせざるをえなかったという示唆が添えられている。騎士の墓地からは泉がわいて墓のまわりを水がめぐる。ウンディーネが騎士を抱きしめているのだという言いつたえで、物語は終わる。

この骨格を読むと、ジロドゥの『オンディーヌ』はほとんどそのままの脚色という印象をうけるかたもあるかもしれない。しかし二つの作品の精神には根本的な異質性がある。

決定的な差異は、まず第一にヒロインの人物像のちがいであろう。第二に作品全体のタッチのちがいがある。そして第三に、自然と人間の関係性のちがい――いいかえれば、人間の精神にあたえられた価値のちがいを指摘することができる。

第一と第二の差異についていえば、フーケのウンディーネは結婚によって慈愛に満ちたしとやかな成人女性に変わる。優しく憂いをおびた聖母のような婦人像である。また物語としても、運命のいきさつが幻想的に述べられていく。この差はもちろん作家個人の資質の差や時代の差であると同時に、フーケの、自身が主宰する同人誌的な文学雑誌にあてた小説と、ジロドゥの、パリの観客にむけた演劇という発表の場のちがいもあるかもしれない。しかし最大のちがいは第三の点、すなわち人間というものにあたえた二人の作家の評価の差ではないだろうか。

フーケの作中でも、騎士は水の精を裏切る。しかしフーケのウンディーネは、たとえ不幸であっても、魂のないものであるよりは、魂のある人間の女になるほうが幸せであると語っている。人間の魂はそれほどまで大きな犠牲をはらっても、得るに値するものなのである。そしてじっさい、魂をもたない時点でのウンディーネは心の機微や道理を理解しない人形のようなものとしてえがかれ、魂のないままの叔父は奇怪な魔物でしかない。魂とは人間だけがもつものであり、結婚という秘蹟をつうじて、わけあたえることができる。結婚したのちのウンディーネの理知と寛容にあふれた人格は、魂をもつ人間の理想を具現したものと見ることができる。

この人間の精神への高い評価が、キリスト教社会の人間観に裏うちされたものであることはいうまでもない。かつて自然を機械とみなし、動物に精神はないと結論した十七世紀のデカルトから二百年ほどへだたった十九世紀ドイツロマン派の基本的な世界観は、森や樹木や魔法や精霊といった異教的な要素に強い憧憬をもって接近していく資質をもっていた。しかしそこでなお人間は、恩寵をあたえられた特権者として前提されていたことを思い起こす必要がある。

だがその世界観は、さらに百三十年近い時をへて活動したジロドゥという作家のなかで、もはや解体し、反転している。そこでは自然、あるいは非人間のほうが大きな魂をそなえている。個というものが追究されつづけてきた〈近代〉に対するジロドゥの告発は、第二幕の王妃のことばに凝縮されている。すなわち人間は大きな魂をみずから細分化してしまった、むしろ卑小な生きものなのである（本文142〜143ページ）。

魂をもたないというオンディーヌの生き生きした人格に、最後まで変化はない。この少女は一貫して、人間をこえた純粋な力と愛情をたもちつづける。たとえ最悪のかたちで裏切られても、その姿勢は損なわれることがない。

ジロドゥのえがきだしたオンディーヌが、たとえ不幸であっても人間的に見るなら自分は幸福であると終結部で語るとき、それは人間の理性や魂に自己よりも高い価値を見出しているのではない。水の精はここで、みじめな人間を根本から赦《ゆる》し、かばっている。けものや魚や樹々の世界で澄明にものを見る自己の特権を捨てても、ハンスという愚かな男を愛していると告げているのである。そこにあるのは人間的な理性の限界を超越したさきにある、〈非人間〉の愛と論理にほかならない。

フーケのえがいたウンディーネの「赦し」とは人間の精神によって可能になったものであった。その性質を充分に理解したうえで、ジロドゥはこれを換骨奪胎《かんこつだったい》し、精神の価値の構図を逆転して見せた。その核になるオンディーヌという少女の造形をふくめて、まったく独創的な仕事である。

なお意外なことに、ジロドゥはフーケの『ウンディーネ』を一九〇七年にエコル・ノルマルの図書館で借りて読んだのち、この作品をドイツ語版でも英訳版でも所蔵していなかったという。読んだ理由も、ドイツ語の専門課程の講義で『ウンディーネ』がとりあげられたためだった。仏訳は一九三九年まで出版されていない。『オンディーヌ』はその前年、一九三八年六月には第一幕がすでに書かれており、十月には稽古に入っていたことが複数の記録にのこされている。したがって、執筆は仏訳の刊行にあきらかにさきだっている。

するとジロドゥは三十年以上もまえ、はるか二十代の頃にドイツ語で読んだきりの小説を、五十代になって記憶で「参照」したのだろうか？　その克明な記憶の力にはあぜんとする。

とはいえ、膨大な暗記・暗唱能力をもとめられる当時のフランスの伝統教育で、ジロドゥは幼少時からぬきんでた成績をおさめた少年だった。地方の学校から、進学校の頂点にあるパリのエコル・ノルマル・シュペリユールへ、なんなく進学している。言語的記憶力がなみはずれていたであろうことは当然、推察できる——事実そうだった。

むしろ、ここでほんとうに驚くべきなのは、その記憶がけっして機械的な暗記ではなく、フーケの物語のこまやかな襞《ひだ》を汲《く》みつくす、深い理解に裏づけられたものだったにちがいないという点である。すなわち青年期のジロドゥの敏感さと共感能力である。かれはフーケの物語の意味と、それを語った色づかいとを、心からの理解をもって読むことができたのだろう。逆にいえば理解し、共感したからこそ、克明に記憶していられたとかんがえることができる。その理解から出発して自己の独創が立ちのぼる世界を展開し、古い伝承にまったく新しい価値をあたえることに成功していく。そこに三十年という時間の成熟がはたらいたことは想像にかたくない。

〈オンディーヌの源泉〉

フーケの作品にとどまらず、水の精と人間の男の物語は、現代までくりかえし、さまざまな作品のなかに登場する。その源泉はどこにあり、どこまで遡行することができるのか、すこしだけ記しておきたい。ジロドゥ自身、じつはフーケの『ウンディーネ』にさきだって、一九〇二年五月三十日におこなわれたドビュッシーのオペラ『ペレアスとメリザンド』の初演を観ており、この作品を高く評価していた。(1) ドビュッシーの作品は、一八九二年にメーテルリンクがあらわした戯曲『ペレアスとメリザンド』から派生したもので、ほかにも多くの関連作品が生まれている。

フーケの作品とメーテルリンクの作品の源泉は共通しているとかんがえられている。メーテルリンクの『ペレアスとメリザンド』のあらすじはつぎのようなものである。アルモンド王国の王子ゴローは猪を追って深い森に迷いこんだ際、泉のほとりで出会った美しい少女、メリザンドをつれかえり妻とする。しかしゴローは異母弟ペレアスとメリザンドの不貞をうたがい、葛藤のすえに泉のかたわらでペレアスを刺し殺してしまう。さらにメリザンドを激しくののしる。メリザンドは死の床で出産し、娘をのこして悲嘆のうちに息をひきとる。

このメリザンドの物語はフーケのウンディーネの物語とともに、有名な水の精の伝承、メリユジーヌ伝説をうけつぐ創作物の一つである。共通するおもな点は水の精との異種婚姻、裏切りあるいはタブーの侵犯、死と喪失である。

ジロドゥの『オンディーヌ』の舞台になる中世の森はおおむね、現代でいう南ドイツにあたるとかんがえてよい。それはフーケの世界よりもはるかに古い伝承へとつながっている。けものと異教の精の言いつたえが響きあう森のなかをドナウが流れ、この河に無数の支流が注ぎこむ。フーケの作品もメーテルリンクの作品も、いわばそれらの支流の一つにあたる。ときには地下にもぐった水脈が森の奥で湧き上がる。その水の源を特定しきることができないように、『オンディーヌ』には多くの史実と伝説とが注ぎこみ、渾然と混ざりあっている。

とはいえそれが、デューラーの絵にえがかれた鬱蒼《うっそう》と繁る黒い森の地域であり、騎士たちが蒼ざめた死と悪魔にとりつかれながら遍歴を重ねた土地であることはまちがいない。そもそも森とは理性の光をさえぎる異境《いきょう》、ヘテロトピアとしての記号を帯びた「異界」である。中世の宮廷物語では恋に狂った騎士たちがさまよう場所でもあった。

まず十九世紀のフーケが『ウンディーネ』を書いた際に着想を得たとしているのは、十六世紀前半に活動したルネサンス期のパラケルススの論文である。(2) フーケはかなり忠実に、パラケルススの記述の要点を踏まえている。

精霊は大きくわけると水、風、土、火という四元素に対応し、それぞれの棲みかに生きる精たちであり、四元素の秩序を守っている。水の精ウンディーナ、風の精シルフ、地の精グノーム、火の精サラマンドラ、これらの四つの精霊は単一の元素のみで組成している。ここで水に属するものとして、メルジーナ、ニンフ、ウンディーナという複数の精が、ときに別名として重なりながら挙げられている。なおラテン語のウンダ（unda）は波を意味する。ラテン語のウンディーナ（undina）、ドイツ語のウンディーネ（Undine）、フランス語のオンディーヌ（ondine）はいずれも、直訳すると「波の女」といった意味になる。

精霊たちは通常のけものよりは人間に近いが、人間の目にはふれない。魂をもたず、死ぬと雲散し、なにものこらない。人間と結婚し、子どもをなすと魂を得る。

さらにパラケルススは逸話を記している。水の精と結婚した男の物語である。ある男が水の精と結婚したが、そののちべつの女性と結婚して、水の精を離別した。男は水の精への貞節を守らなかったため、再婚のときにけがを負って三日後に死んだという。

この伝承そのものは複数のかたちでのこされているが、フーケのウンディーネの原型を、比較的そのままのかたちで見ることができるだろう。(3)

パラケルススの論文ではウンディーナにならんで、メルジーナという名称が挙げられていた。歴史的に表記はさまざまながら、これは広い地域にわたって伝承された蛇女メリュジーヌにつながっている。

この人間ではない女性メリュジーヌの物語から、フーケやメーテルリンクをへてのちの『オンディーヌ』に流れこんでいくおもな部分を、かいつまんで述べておく。

フランスのポワティエから遠くないコロンビエの森で、道に迷った貴族の青年レモンダンは、泉のほとりで高貴な美女メリュジーヌと出会って結婚する。メリュジーヌは財宝と繁栄をレモンダンに約束し、多くの子どもをもうけるほか、森を開拓して城を築かせ、さまざまな建築物を建ててみじかいあいだに街を建設する。いっぽう、夫にはある誓いをもとめている。それは土曜日に妻の姿を見ないことであった。二人は長い歳月を幸福に暮らして多くの子どもをもうけるが、ある日レモンダンは妻の水浴の姿を覗いてしまい、下半身が蛇であることを知る。見なかったふりをする夫をメリュジーヌはひそかにゆるしていたにもかかわらず、レモンダンは激昂にかられた際、ついにメリュジーヌを蛇女とののしって侮辱してしまう。裏切られたメリュジーヌは嘆きつつ、蛇または竜の姿になって飛び去る。

右の内容はおもに十五世紀初頭のクドレットの版にもとづいている。それらを研究した歴史家のジャック・ルゴフによれば、文字に固定されたものとしては、一一八一年から九三年にかけて成立したとされるウォルター・マップの『宮廷閑話集』、また一二〇〇年頃のエリナン・ド・フロワモンの『貴族と蛇女の結婚の話』が古い。フロワモンの原典は残念ながら消失したとされるが、これをもとに一三八七年から九四年にかけて成立したのがジャン・ダラスの『リュジニャンの気高い歴史』、またクドレットによる一四〇一年から〇五年の『リュジニャンないしパルトネの物語』とされ、実在した城の由来や家系の礎をなす伝説として記されている。これらはいくつもの版をつうじて現代に伝えられてきた。[4]

また比較神話学者のジョルジュ・デュメジルは、おもに現在のウクライナ方面にあたる草原地帯の騎馬遊牧民族、スキタイの伝承をつぶさに研究し、そこにあらわれる洞窟の蛇女と英雄との異種婚姻の逸話と、メリュジーヌ伝説には強い関連性があることを指摘している。また近隣のカフカス地域に伝わるナルト叙事詩にも、海王の娘と結婚する英雄の逸話があり、共通性が見られる。[5]

クドレットの著作はさらにテューリング・フォン・リンゴルティンゲンによって一四五六年にドイツ語に訳された。のちの『グリム伝説集』には多くの水の精の逸話とともに、蛇娘の物語が伝えられている。[6] ほかにもさまざまな言及や派生作品がのこされている。本項でふれたおもなものを、かんたんな図にまとめておく（左ページ参照）。

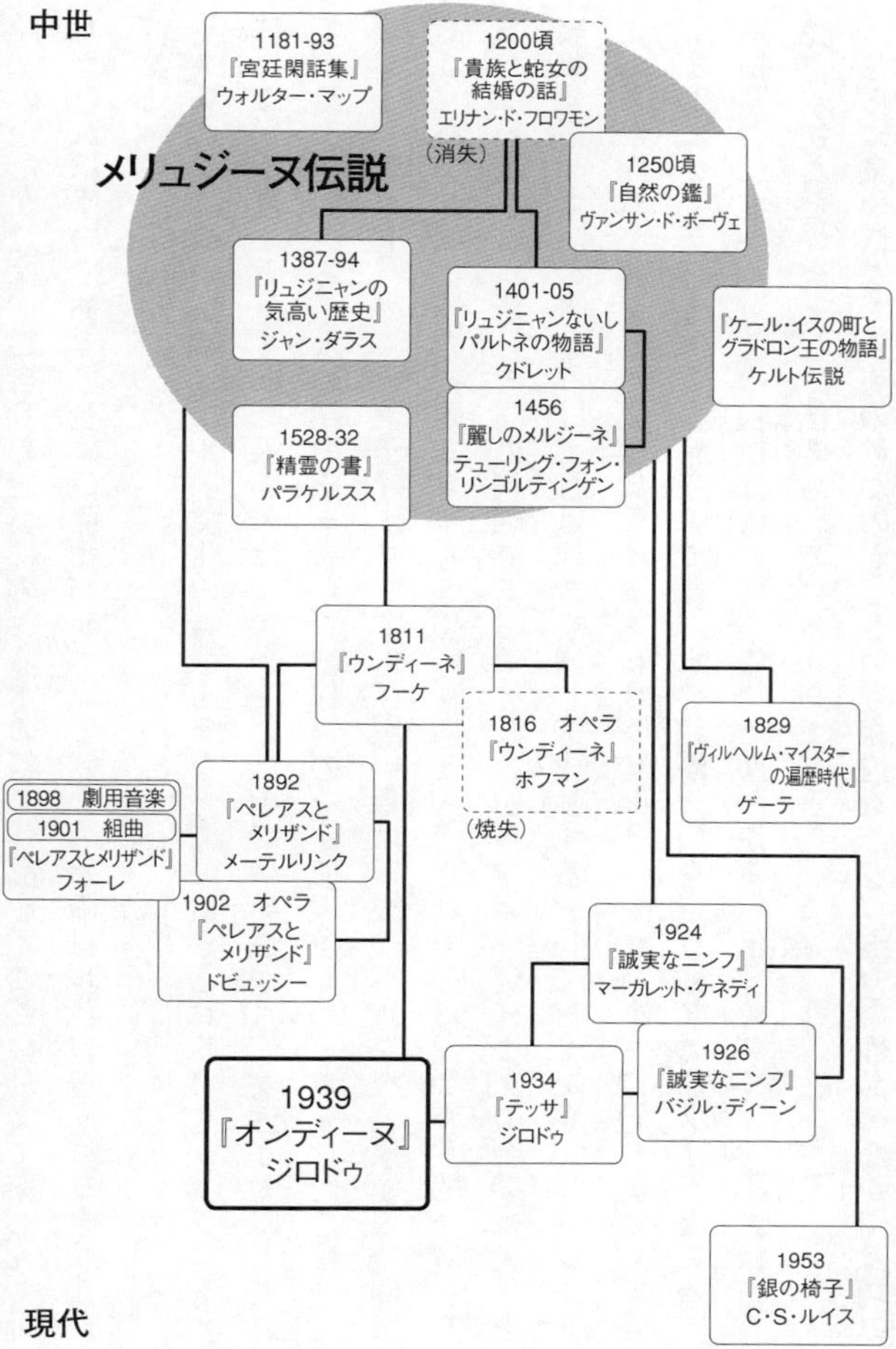

中世
メリュジーヌ伝説
1181-93
『宮廷閑話集』
ウォルター・マップ
1200頃
『貴族と蛇女の
結婚の話』
エリナン・ド・フロワモン
（消失）
1250頃
『自然の鑑』
ヴァンサン・ド・ボーヴェ
1387-94
『リュジニャンの
気高い歴史』
ジャン・ダラス
1401-05
『リュジニャンないし
パルトネの物語』
クドレット
『ケール・イスの町と
グラドロン王の物語』
ケルト伝説
1456
『麗しのメルジーネ』
テューリング・フォン・
リンゴルティンゲン
1528-32
『精霊の書』
パラケルスス
1811
『ウンディーネ』
フーケ
1816　オペラ
『ウンディーネ』
ホフマン
（焼失）
1829
『ヴィルヘルム・マイスター
の遍歴時代』
ゲーテ
1898　劇用音楽
1901　組曲
『ペレアスとメリザンド』
フォーレ
1892
『ペレアスと
メリザンド』
メーテルリンク
1902　オペラ
『ペレアスと
メリザンド』
ドビュッシー
1924
『誠実なニンフ』
マーガレット・ケネディ
1926
『誠実なニンフ』
バジル・ディーン
1934
『テッサ』
ジロドゥ
1939
『オンディーヌ』
ジロドゥ
1953
『銀の椅子』
C・S・ルイス
現代

読者のかたがたは、ご自身の記憶にのこる水の精の作品を、ここに加えて楽しんでいただければ幸いである。音楽作品やバレエなど、その水脈は現代に豊かにひきつがれている。

メリュジーヌの伝承はケルト文化の特徴をそなえているとされる。(7) なかでジロドゥにつながる点から見て興味深いのは、ケルトの伝承では男性が月、女性が太陽とされていることである。水の精の伝承をひく創作物のなかで、多くのヒロインたちは金髪である。ジロドゥの『オンディーヌ』でも、黒い森は黒髪のベルタを表象する空間であり、ハンスは物語の冒頭で身も心も黒い森にとらえられている。ケルト的な解釈をあてはめるなら、新月の闇の状態である。それを照らすオンディーヌの金髪は太陽を表象する。太陽の光をうけて月は輝きを増し、成長する。レモンダンがメリュジーヌにみちびかれて繁栄したように、ハンスはオンディーヌをつうじて自己を知るに至る。

また『オンディーヌ』の第三幕では、水の精が地面を這う蛇類のイメージと重なって描写されていた。その根拠はここにあることがわかる。伝承のメリュジーヌは竜、蛇、水蛇などの姿として伝えられているからである。

さらに泉の精なのか海の精なのか、という相違も、ジロドゥの作品のなかでは巧みにないまぜにされていた。厳密にいうなら真水の地域の精であるはずなのに、海の生き物であるあざらしと結婚したりする。これは、ウェールズの伝承では人間と結婚するのはどちらかというと泉の精であり、スコットランド高地ではしばしば海の精で、あざらしであるという、ケルト文化の研究で指摘されてきた地域的差異に起源を探ることができるだろう。(8)

二本の足がないという特徴とともに、ときには古代のホメロスの時代から伝えられてきた海の魔物シレーヌと結びつきながら、水の精の姿は近代に入ってもさまざまなインスピレーションを創作者たちにあたえてきた。ゲーテが『ヴィルヘルム・マイスターの遍歴時代』で、メリュジーヌの翻案として小箱に入った妖精の王女の逸話をとりいれた例、十九世紀のアンデルセンの『人魚姫』、二十世紀のアンドレ・ブルトンの『ナジャ』『秘法十七』など、枚挙にいとまがない。またトーマス・マンは晩年の大作『ファウストゥス博士』で、自己の知と野心に懊悩する音楽家と結ばれて子どもをもうける幻想の人魚、ヒュフィーアルタを登場させていた。C・S・ルイスの童話『銀の椅子』には、泉のほとりで王子を誘惑する絶世の美女、緑の衣の貴婦人がえがかれている。この貴婦人は地底に都を建設して王子の庇護者をよそおい、王子と結婚しようとするが、最後に蛇としての正体をあらわす。これは地上に都を建設して繁栄を約束した母のような妻メリュジーヌを、異教性を帯びた像のままキリスト教的な悪の位置に移行した人物と見ることができる。衣が緑であること、すなわち森の色、狂気の色であることも、伝統をふまえたものだろう。[9] オンディーヌの姉妹たちは多彩である。

さらにメリュジーヌ伝説とはべつに、フーケやメーテルリンクの作品との出会いののち、水の精にかんしてジロドゥに直接の影響をもたらしたにちがいない作品が一つある。一九二四年にイギリスでマーガレット・ケネディがあらわした小説『誠実なニンフ』である。[10]

ケネディの小説は現代を舞台にした物語であり、またリアリズムにもとづいた作品で、妖精が登場するわけではない。ただ、ニンフになぞらえられたテッサというヒロインが、愛した相手にどこまでも忠実な女性としてえがかれる点は「水の精」の主流にのっとっているといえるだろう。

この作品はベストセラーになったこともあって、二六年にはバジル・ディーンによる戯曲のかたちで上演され、のちに何度か映像化もされている。[11] ジロドゥ自身もバジル・ディーンの戯曲版をもとに翻案を書いており、三四年に『テッサ』としてフランスで上演された。初演では「誠実なニンフ」という副題が添えられていた。

全体に、ジロドゥは原作の流れを守っており、すなおな少女と富裕な女性のあいだで迷う青年像が伝わる。ジロドゥ版の筋を記しておく。

ヒロインのテッサは不思議な魅力と芸術的直観をそなえた少女で、年齢は「十七歳近い」と指定されている。無秩序な芸術家の家庭に育ち、鋭い洞察力があると同時に、常識から見ればやや風変わりな感覚をもっている。作曲家の青年ルイスはテッサを妹のようにかわいがるが、自身は上流階層の美女フローレンスと結婚する。そののち、世間体に縛られた虚飾の多いフローレンスの価値観に疲れ、テッサを愛している自分の本心に気づいてかけおちをする。しかしテッサは心臓が悪く、その夜のうちに息をひきとる。

翻案ということもあって、ジロドゥの作品のなかでは軽視されてきた一篇かもしれない。ただし『オンディーヌ』を読みとくうえでは、一つ重要な点を指摘することができる。それは、このテッサという「水の精」が成熟した女性ではないこと、ユニークで純真な少女として、少女のまま、最初から最後まで変わらない像でえがかれているということである。これはフーケのウンディーネになかった大きな差異であるといえる。フーケの作品をふくめてメリュジーヌ伝説の系譜に属するヒロインたちの多くは、しとやかな慈母の像をもつからである。

そうかんがえると、ジロドゥの創作したなかでもきわだった人物、十五歳のオンディーヌ像は、フーケのウンディーネよりもむしろこのテッサのほうに近い。テッサには一種の透明感があり、アンデルセンの人魚などにつらなるニンフの少女像といえる。ケネディの原作でフローレンスが黒髪を結い、テッサは手入れのされていない無造作な髪を背までのばしているといった、ベルタとオンディーヌを想起させる細部の類似をべつとしても、ケネディの作品は契機の一つと見るべきである。

また、テッサとウンディーネの中間に、メーテルリンクのメリザンドをおくことができるだろう。メリザンドは儚いひかえめな乙女としてえがかれるいっぽう、母として子をなす点ではメリュジーヌ伝説の特徴をひきついでいる。

いいかえれば、ジロドゥのオンディーヌのなかでは、男性を守りみちびく母メリュジーヌの系譜と、あどけない少女としてのニンフの系譜が合流し、一つの姿に結晶している。さらにオンディーヌが放つ強烈な個性とダイナミズムは、ウンディーネにもメリザンドにもテッサにもないものであることを言い添えておこう。独創性――一人の作家のなかから、オリジナルな人物がどのように生まれ出てくるものなのか、その深奥は幸福な謎である。

〈固有名の情報〉

史的な背景という要素は、人物像をつうじてのみ示唆されるものとはかぎらない。一つの創作世界の個性は、言語的には固有名の集合をつうじてかたちづくられる面が大きい。ある作家がある創作物をどのような固有名群で構成しているかは、書き手がその作品世界にどのような属性をあたえようと意図したかを読解するうえで重要な情報である。そこには多くの「歴史」が埋めこまれている。

たとえばジロドゥはタイトルに「オンディーヌ」という名を掲げた。その情報によって、この戯曲がパラケルススなどをつうじた水の精の伝説をふまえていることをまず明確にしている。さらに読み手は作中のさまざまな固有名をつうじて、多くの関連情報を汲みとることができる。それらはおもてだった主題の進行の背後で、ひそかに濃密な空気を醸成している。

たとえば第三幕で、わが土地には多くの精霊がひそんでいると裁判官が述べる（本文181〜182ページ）。このスピーチは例によって冗談のように響くいっぽう、その土地が「シュヴァーベン」であるという情報をはらんでいる。その固有名に注目すると、なるほど、それなら多くの精霊がいたにちがいないと理解できる。シュヴァーベンは中世的な文化をのこす、南ドイツの古い土地であるという一般的な含意にくわえて、水の精ウンディーナをはじめとする精霊たちを分類した、さきのパラケルススの父祖の地という表象性をもつからである。この含意は、主題である「オンディーヌ」という固有名が、もともと「パラケルスス」という固有名と切り離すことができないという高い親和性によって結びつくことで喚起される、選択的特性であるといえるだろう。いいかえれば、この作品が特定の文脈をつくることで「呼び出してきた含意」である。

そのようにして、第三幕はいわば中世の伝承にまつわる「地名づくし」の様相を呈している。文中からは聖杯伝説やファウスト伝説、パラケルスス伝説、さらにそれらにさきだつ魔術師ウェルギリウスの伝説にかかわる土地の名前がつぎつぎと響いてくる。いずれも遍歴の騎士や精霊、魔法という含意と結びつく伝説であり、それらの固有名はこの戯曲がつくる創作世界のトーンの厚みを増し、全体を豊饒なものにしている。絵でいうなら、一見めだたないが画布の背景部分に何重にも塗り重ねられた絵の具に似ている。

作者のひそかな目くばせのようなこの固有名の群れについて、そのすべてを読み解くことは場をあらためるとしても、言語的象徴にみちたこの世界のなかに「悲劇づくし」ともいえる固有名群が意図的に配されている可能性は指摘しておきたい。これらはおもに第二幕に集中している。

第二幕は、まず冒頭で『サランボー』ならただちに上演できると劇場監督が述べるのを、ここは祝いの席であるのだから悲劇はふさわしくないと侍従が制する（本文82ページ）。やりとりそのものは幕のはじまりから喜劇的な軽さをそなえて進行していくにもかかわらず、そのなかでつぎつぎと口にされる作品名や人物名は『サランボー』を皮切りとして、なぜか不吉な運命を帯びた悲劇的逸話の固有名がじつに多い。情報論的な観点からは全体が、対照的な二つの記号に支配され、その両極が拮抗していく傾向を指摘できる。すなわち、喜劇性と悲劇性という二重性である。

『サランボー』という作品は、訳注でふれたとおり、わたしたちが属する現実世界では十九世紀のフロベールによる恋物語として知られる（本文228ページ）。ヒロインのサランボーは戦士マトーと運命的に惹かれあって愛をかわすものの、べつの相手との縁談が進められる。恋人たちはサランボーの結婚式の朝に死に至る。このなりゆきはタブーの侵犯による宿命という示唆をともなっている。触れた者は死ぬとされるタニトの聖衣に触ったためである。

この筋については、悲劇的であることに加えて『オンディーヌ』全体との近似性も指摘することができるだろう。そこにはタブーの侵犯、運命、恋人たちの死、とりわけ「結婚式の朝の死」という特徴が見られる。

伝統的に、悲劇における定型的な結末が主人公の死であるように、喜劇における定型の結末とは結婚である。したがって、もっとも幸福な瞬間であるはずの結婚式の日に死を迎えるという帰結は、その頂点同士の強い対称性によって、もっとも深い悲劇性を意味することになる。この帰結はオンディーヌとハンスに共通するものである。

そもそも、この幕の冒頭で、劇場監督は『サランボー』がこの劇場の運命であるという主張をおこなっていた（本文84ページ）。侍従は上演を止めたにもかかわらず、結局、幕の最後では人間の意志をこえた力で上演がなされてしまう。この実現はいかにも不吉な示唆をはらんでいる。止めることができない運命としての「結婚式の朝の死」は、道しるべのように幕の冒頭から響いているのである。

この視点に立つなら、第二幕はこの戯曲全体を凝縮した相似形をつくっているという解釈もなりたつ。第二幕の冒頭でハンスはまだオンディーヌと密接な愛のなかにあるが、二人の距離がひらいていく経過が「時間をさきどりする」ことをつうじて示されるうえ、第二幕の終わりではもはやその先行きが地平に姿をあらわしている。さらに、のちほど述べるように第二幕の幕切れと作品全体の幕切れには呼応性が見られる。

第二幕の冒頭で『サランボー』の上演が却下されたのち、代替作として言及される固有名は、まずオルフェウスである（本文82ページ）。この人物のおもな記号は、異種婚姻、愛した相手の喪失、タブーの侵犯、そして死である。よく知られるように、竪琴の名手オルフェウスは、最愛の妻エウリュディケを毒蛇に嚙まれて失う。エウリュディケを黄泉《よみ》の国からつれ帰ろうとするものの、道中で後ろを振り向くという禁忌を犯したために妻を取り戻すことができなかった。悲嘆のあまりほかの女性をうけいれなかったことから、やがてトラキアの女たちの怒りをかい、八つ裂きにされて死をとげる。これを憐れんだゼウスによって、天に竪琴がおかれた。そもそもエウリュディケはニンフであり、人間の男性との異種婚姻という点で、『オンディーヌ』との基本的な共通性をもつ。オルフェウスの物語に関しては、蛇を契機として黄泉の国に去るという表象性じたいに、メリュジーヌ伝説との類似を指摘する意見も見られる(7)。

つづけて言及されるのはイヴとアダム(本文82ページ)で、これもタブーの侵犯という神話の構造において代表的なカップルである。アダムとイヴは禁を犯したために永遠の生命と幸福を喪失し、死を得る。ここでは慣例とことなり、ヒロインの名がさきにおかれていることが目をひく。「オンディーヌがさき」(本文214ページ)というハンスの価値観、すなわちこの戯曲全体の価値観と呼応している。

また、『ファウスト』(本文84ページ)という言及にもふれておく必要がある。ながい民間伝承の歴史があるものの、王立劇場で演じられる作品という文脈からはゲーテ、あるいはそのオペラ化によるグノーの作品が想起される(どちらも近代作品であり、王宮の劇空間が「みせかけの中世」であることを告げてもいる)。

ファウストは人間と男性性の知の傲慢によってさまよう。物語ではタブーの侵犯、裏切り、魔力と巨大な神話性、女性性への畏敬、さらに恋人たちの悲劇的な死と救済などが核心の記号を担っていた。ファウストに裏切られたグレートヒェンは「わたしの結婚式の日だったのに」とつぶやきながら死にいたる。さらに、あまりに有名な全編の結びのことばは「永遠にして女性的なるもの、われらをひきいて昇らしむ」であった。悲劇的作品であることにくわえて、『オンディーヌ』の精神宇宙と深く共鳴する作品の一つとかんがえることができる。

さらにオンディーヌの近親というべきメリザンドの名も口にされている（本文83ページ）。さきの項でふれた『ペレアスとメリザンド』のヒロインであり、裏切りと死の記号におおわれた展開をぐくる。ゴローは泉のほとりで弟のペレアスを刺し殺し、メリザンドを悲嘆と死におとしいれるのである。

このメリザンドとならべられているのは古典ギリシアの叙事詩で知られるトロイアの王子ヘクトルであった（本文83ページ）。この人物の伝統的記号は、英雄であることに加えて「非業の死」にある。ヘクトルはトロイア戦争でギリシアのパトロクロスを討ったため、この親友の死に激昂したアキレウスから復讐の闘いを挑まれて惨殺された。この伝承には死の契機としての泉があらわれている。ヘクトルの命運がつきるのは、争う男性二人が泉のほとりにさしかかったとき、ゼウスが黄金の秤で二人の勇者の命をはかった結果によるからである。

裏切りの果てに首をつったイスカリオテのユダや、町ごと水に沈んで滅びたイスなど、暗い固有名はまだつづく。合間にはながい尾をひいた彗星が言及されている（本文86ページ）。彗星は不吉な事象を告げる予兆である。この近辺で、不幸でない人物は裸のヴィーナスくらいかもしれない。

なおここで口にされている「イスの町」は、ケルトの水の魔物の伝承、ことに建設者としてのメリュジーヌ伝説との共通性が指摘されている、王女ダユの物語の舞台である。研究者のジャン・マルカルによると、コルヌァイユの王グラドロンの娘ダユは、海辺にケル・イスの町を建設させてくれと父に願った。王は港と小さな町、小さな宮殿、大きな教会を建ててよしとしたが、ダユは町を支配することを望み、一夜のうちに精霊たちの手をかりて大宮殿などを建設する。イスの町は悪魔の棲みかになり、最後は海にのみこまれた⑥。

『オンディーヌ』ではほかにも悲劇の表象性に満ちた固有名をいくつも指摘することができるが、なかでもケルト文化の影響が色濃いとされる『トリスタンとイゾルデ』のように、タブーの侵犯、運命的な恋、不倫、死に至る帰結といった共通記号を多重にそなえたうえ、さらにケルトの伝承における太陽（女性像）までが重なるものもある。王妃イゾルデの機能がこれにあたる。『オンディーヌ』第二幕で宮廷は、虚飾におおわれた慣習を無視してほんとうのことばかりを口にしてしまうオンディーヌを受容できずに混乱におちいる。そのなかでただ一人、この水の精の真意を見抜いて、紛糾した状況に光を与えるのはイゾルデであった。

この第二幕の最後には、それまで真実をおおいかくしていた「衣」が取り去られ、事態の裸形《らぎょう》があらわにされる。さきに指摘したように第二幕を、全幕が凝縮した相似形としてとらえるなら、衣の剝奪《はくだつ》は第三幕の最後で、ハンスがみずからの欺瞞を取り去って内的な真実に気づくという大詰めと呼応している。カタルシスをもたらす悲劇の機能は、第二幕でえがかれたヴェールの剝奪――真理の開示――にあらかじめ示唆されている。第二幕でも第三幕でも、それぞれの真実を白日のもとにさらすことになるのが、オンディーヌという「太陽」の作用によることはいうまでもない。

この劇の「衣」は多重である。整理しておくと、『サランボー』のタニトの聖衣が記号として示唆するものは、第二幕ではベルタが自分の肩をかくしているヴェール、自己の出生に対するベルタの無知、すなわち自己自身に対する無知である。そして第三幕ではハンスの自己自身に対する無知である。ベルタはヴェール剝奪ののち、それまでの人間社会で暮らしていくことができなくなる。ハンスは第三幕の最後で自己をつつんでいた因習という衣をみずから脱ぎ捨てる。このことは、指輪が抜け落ちるように、結婚がすべり落ちるという水の精の王の言葉に示唆されている。このときハンスはもはや生そのものを存続することができない。ハンスは裏切りという自然界の禁忌を犯したのであるが、同時にオンディーヌという強い太陽の言動にも、人間の側から見た場合、逆の禁忌がふくまれていたといえるだろう。彼女は、人間にとって耐えられないもの——自己自身——を見せたのである。

したがってハンスの死は、契約という外的な要因の帰結であると同時に、内的な必然がもたらしたものである。そのことは水の精の王の「わたしが殺すまでもない」(本文211ページ)という告知に示されている。

そこに至る第二幕の途中、ともに太陽である王妃とオンディーヌのあいだでかわされる対話が、因習を飛び越えてことの核心をあきらかにし、相互に了解しあう「うちあけ」の場であることは、イゾルデという固有名の情報を読解するなら偶然ではない。

また、ハンスの心が離れていくことへの予防策を述べるオンディーヌに対して「十五歳の媚薬ね」（本文148ページ）と王妃が賛同するとき、トリスタンとイゾルデを離れがたいものにしたのが媚薬であったことを思い出すのもむずかしくはないだろう。

さらに、王妃イゾルデと対をなす王の名の由来として、この幕でくりかえし言及されるヘラクレスについて検討しておく。ヘラクレスは中世の騎士たちに讃美された代表的な英雄であると同時に、その最期はさきのヘクトルにもまして苦しみの多い経緯をへている。おもな記号は配偶者への不実、水蛇の殺害、毒の衣、非業の死である。そしてヘラクレスは、おそらくハンス自身と重なる記号として配されている。

ギリシア神話によれば、不実なヘラクレスが若い娘イオレを捕虜にし、異性としての関心を示したとき、妻のデイアネイラは嫉妬して夫の衣に細工をした。死んだケンタウロスの血を衣に塗り、洗い流してからヘラクレスに渡したのである。そうすれば夫の愛をつなぎとめられると聞いていたためだが、これはケンタウロスがしかけた罠で、血には水蛇ヒュドラの猛毒がふくまれていた。衣はヘラクレスの体にはりついて激痛をあたえた。体の肉ごと衣を引き剝がしたヘラクレスは、アポロンの神託にしたがって自分のまわりに薪の山を積ませ、業火のなかでみずからを焼き尽くした。ゼウスはこれを天上に迎えた。

ここで死の契機となる毒の衣は、もともとヘラクレス自身の行為に端を発している。かつてヘラクレスは、レルネの沼に住む九つの頭の水蛇ヒュドラを殺した際、この蛇の猛毒の血を矢じりにひたしてみずからの武器とした。しかしこの矢でヘラクレスに射殺されたケンタウロスが、自身の血に混入した猛毒を利用して報復したのである。悪意に満ちた衣をみずから剝奪し、ヘラクレスは身を神託に委ねて死んだ(12)。

すでに述べたように、メリュジーヌのかくされた記号は水蛇であり、その表象性はオンディーヌに継承されている。第二幕で、ヘラクレスの手柄のなかから唯一言及されている固有名がヒュドラという水蛇であることは、偶然とは見なしにくい（本文120ページ）。レルネのヒュドラとは、ヘラクレスにまつわる最大の悲運を呼び出す固有名である。この文脈において、ヘラクレスの記号はハンス自身と重なる。すなわち水の生きものに危害を加え、配偶者に不貞をなし、のちに応報の死をとげる運命である。

ことにレルネのヒュドラは第二幕で、水蛇ではなく魚に置き換えられていた。ヘラクレスは魚を殺したことになっている。この置換は、ハンスが魚を茹でさせて殺した

第一幕のエピソードとの呼応性を想起させる（本文20、30ページ）。巨大な水蛇にくらべて一匹の魚はいかにも卑小である。しかし英雄ヘラクレスと、英雄を夢想する凡人のハンスとを相似形として重ねると「ヘラクレスは水蛇を殺した」は「ハンスは魚を殺した」と対応する。互換すれば「ヘラクレスは魚を殺した」である。魚への置換は読み手の注意を喚起し、ヘラクレスとハンスという二者の皮肉な結合を呼び出している。なにより、メリュジーヌ伝説との関連性が指摘される伝承としてさきに挙げたスキタイの物語で、洞窟の蛇女と交わって異種婚姻をなす英雄とはヘラクレスなのである（ヘロドトスによれば、ヘラクレスはスキタイ人が祀る重要な神の一人である）。おそらくジロドゥは、なんらかのかたちでスキタイの物語を知っていたはずである。

この解釈にたつと、王妃の名がイゾルデなのに配偶者の名はヘラクレスにちなんだという、固有名としては奇妙なとりあわせが理解できる。それぞれオンディーヌとハンスに重なる記号である。またヘラクレスの関連人物としてわざわざ焦点をあてられる固有名がオムパレであること、これがオンディーヌの発言をつうじて明示的にベルタと重ねられることも、おなじ意図のもとに読み解くことができるだろう（本文127ページ）。オムパレはヘラクレスを誘惑する邪悪な美女、すなわちハンスを誘惑するベルタである。

〈結び――『オンディーヌ』が現代に伝えるもの〉

『オンディーヌ』が現代に警告するものは多い。騎士のハンスは、見てきたように、一人の青年であることをこえて、普遍的な人間としての姿を示す役柄であったといえるだろう。中世の伝説のなかで騎士はさまざまな美しい名をあたえられてきたのだが、ここでジロドゥがえらんだ「ハンス」という名は、徹底的に無名性の高いものである。(13)それは民衆本のなかに幾度となくあらわれるどこの誰か、まぬけなハンスなのだ。この騎士は、英雄性を剝奪されたパロディーとしての騎士なのである。ハンスは誰でもない。そして誰でもある。世に流されているあなたであり、わたしである。その平凡な人間が、ある日なにかにぶつかって、それまで見えていた以上のものを見てしまう。そのような「なにか」が運命と呼ばれるものであるのなら、かれは運命にぶつかったことになる。

ではハンスはみずからの意志や分別をはたらかせれば、その帰結を回避することができたのだろうか。

できたとは、ジロドゥ自身もかんがえていないだろう。水の精がのぞんだ愛に抵抗することは、人間にはできない。そして水の精自身にとっても、それは「なにか巨大な感覚」のほうが自分を選ぶという、抗いえないメカニズムの結果であった。両者それぞれの必然は、作中で、周到にのべられているとおりである。

ジロドゥは何重にも糸をはりめぐらして、みるからに嘘の中世のなかにこの物語をおいた。複雑な記号が醸し出す魔法のように深い虚構のなかで、すべてが手をとりあってむかう帰結は、人間という種がいきつく悲惨以外のなにものでもないように見える。

オンディーヌとは、ひと以外のすべての生の化身であるのだろう。虫と樹々と風と、水と土とけものたちの魂であり、そのものである。それらがひとりの少女の姿に凝縮するとき、永遠に十五歳、年はとらない……。その姿は永久に完成することのない未成熟をはらみながら、無限にめぐる四季の自然をあらわしている。

人間も、いっそオンディーヌのように生きることはできないのだろうかという憧憬が、心にきざす読者は多いかもしれない。それほど、この少女の像は無辜《むこ》なるものの笑いと魅力に満ちている。だが、ざんねんながらそれは不可能な生きかただろう。この少女はけっしてとらえることのできない無限であり、巨大な自然であり、自立した無償の所与だからである。

わたしたち個人は、それぞれに、ただひとつの限られた生しかもたない。それは無数の他者の死と生によって少しずつあがなわれた、つかのまのものである。にもかかわらず、わたしたちは、自己をなりたたせているものを見ない。見ようとしない。あるいは直視することが、そもそもできないのかもしれない。

では、結局わたしたちはハンスのように生きるしかないのだろうか。みずからすんで自己をあざむき、自己から逃れ、もっとも深く愛した相手にもっともむごい仕方で報いる、そのような生である。

しかし人間と自然とを、二項対立の限界のうちに封じこめる必要はない。世界の魂のなかに、もろもろの生命の一つとして、人間も溶けこんでいくことは不可能ではないはずである。自己の呪縛を解く鍵が、きっとどこかにあるはずなのだ。

姿を消した水の娘の合図は、いまもきっと、周囲のいたるところにひそんでいる。雨のしずくを受け、風のうなりを聞き、草と呼吸をともにするとき、あるいは道端で出会った小さなけものを驚かせないようにと、そっとよけて歩くとき、わたしたちは不器用な仕方で、見えない無数の視線にこたえているのかもしれない。それは聞こえない声を聞きとることへと、ひそかにつながっていくのかもしれない。聞こえないはずがない。聞かなければならない。わたしたちが住んでいるのは、ほかならぬ水の惑星なのである。

すくなくともわたしたちは、べつの意味で、ハンスのように生きることはできるのではないか。愚かな人類のひとりから見るとき、じつはハンスはまれにみる幸運な人物なのである。どれほどぶざまな歪んだ経緯をへたあとでも、どれほど無為な日々ののちでも、たとえ生きることを終える最後の朝であっても、かれには、すべてを投げ棄てた、ある裸形の瞬間が訪れたからである。

ある瞬間、人間も、あらゆる他なる生が投げかける、歪みのないまなざしに応答することができる。あたえられたものを知り、それにこたえることができる。『オンディーヌ』という作品は、その稀有な可能性までを告げている。すなわち生とは、その応答へとむかうチャンスにほかならないという示唆である。

◆作者紹介

イポリット・ジャン・ジロドゥは、一八八二年にオト・ヴィエンヌ県ベラックで生まれた。当時、土木局の監督官であった父と、獣医師の娘であった母のあいだにもうけられた次男である。のちにきわめて都会的な知識人、趣味人として知られることになるものの、のんびりした田舎のなかで兄と遊び回りながらはぐくまれた自然への感性はうしなわれることがなかった。精神的には、知識階層の出身であった母方の影響が大きいといわれる。

母アントワネットは美しく聡明で、愛情深く、文学的な感覚をそなえた女性だった。ジロドゥとその兄という二人の子どもに書物の愉しみを教えたのも母である。ただ、体が弱く、ジロドゥの手紙にはいくども母の体調を案じる言葉が見られる。ジロドゥの兄アレクサンドルはのちに医師になっている。ジロドゥは成人してからもたびたび実家にもどり、母と会った(14)。

父の仕事の都合で、おさないころにベラックから三十キロメートルほど離れたベシーヌに越したが、ジロドゥは休暇のたびにベラックを訪れ、母方の祖母のもとですごしている。この習慣は一八九七年に祖母が亡くなるまでつづいた。長じたのちも、ジロドゥにとって精神的な出身地として、ベラックという地名はなつかしく心に刻まれることになる。

ジロドゥはきわめて優秀な少年で、初等教育から中等教育にかけてスポーツでも学業でもリーダーのような存在であった。とりわけ言語と文章に秀でており、フランス語、ラテン語、ギリシア語、ドイツ語などで優秀な成績をのこした。一八九三年には奨学生としてシャトルーのリセ（中等教育機関）に入学する。この学校は現在、リセ・ジャン・ジロドゥと名づけられている。さまざまな学業の優等賞、一等賞を得たのち、ひとにぎりの指導者を養成する機関であるエコル・ノルマル・シュペリユール（高等師範学校）に合格してドイツ語とドイツ文学を専攻した。奨学金を得てミュンヘンなどドイツ各地に何度も留学したジロドゥは、オーソライズされたエリートとしてのドイツ通であったといってよい。

しかし周囲にとっても意外なことに、一九〇七年のアグレガシオン（大学教授資格試験）に失敗する。フランスにおいて、当時のアグレガシオンは博士号よりさらに高位の研究者資格であり、至難の「最終関門」であった。フランスを代表する哲学者のミシェル・フーコーも、一度落第して再受験で合格している。不合格ののち、在野の書き手の道をえらんで高名な作家になった例もめずらしくない。小説家のミシェル・トゥルニエや、このジロドゥがそうである。

ジロドゥは将来を模索しつつ、ハーヴァード大学にフランス語の講師としておもむいたり、ジャーナリスティックなライターとしての活動などをこころみたのち、経済的な限界を感じて外務省に入省することにした。ただし、このときの予備的な資格試験の成績で、キャリア官僚試験にあたるグラン・コンクールの対象者からは漏れたため、ノンキャリアとして外交官の道を歩むことになる。

執筆者としてのジロドゥのはじまりは小説にあった。まだ在学中の一九〇四年に短篇「エドモン・アブーの最後の夢（*Le Dernier Rêve d'Edmond About*）」を発表し、これが公的な第一作となる。一九〇九年には『田舎の女たち（*Provinciales*）』を刊行し、これをアンドレ・ジッドが好意的に評したことで、以後小説家として一定の評価を得るようになっていく。(15) しかしそれらは独特の夢想的・思索的な世界を構成しており、広く一般の読者を獲得するにはいたらなかった。

一九一四年に第一次世界大戦が始まるとジロドゥも応召する。ロアンヌなどに駐屯して戦闘に参加、二度にわたり負傷して、叙勲されたのち翌一五年に除隊した。

ジロドゥは外務省での任のかたわら、散文を発表しつづけていった。一九一八年には『アミカ・アメリカ（*Amica America*）』『悲壮な男シモン（*Simon le Pathétique*）』を刊行した。

私生活では一九二一年にシュザンヌ・ボランと結婚している。既婚女性で二人の子どもがいたシュザンヌとの恋愛は、彼女の夫に知られることになって難航し、また二〇年にはジロドゥの父が亡くなったこともあって、この正式な結婚に至るには時間がかかった。おなじ二一年に刊行した『シュザンヌと太平洋（*Suzanne et le Pacifique*）』で、ヒロインのシュザンヌはそのまま夫人がモデルであるとされる。シュザンヌは才気煥発な女性で、少女のような魅力があった。芸術に対する感覚も洗練されていた。いくつものジロドゥ作品のなかにその姿がみとめられるいっぽう、夫妻の距離はへだたっていき、ジロドゥはやがてこの婚姻に懊悩するようになっていく。一九二五年には当時十六歳だったアルゼンチン人の少女、アニタ・デ・マデロと初めて会い、のちに十一年にわたる愛人関係に発展することになる。

〈劇作家への転機〉

公的には外務省で多くの出張をつうじて各国を訪れつつ、文化広報の任につくなどして叙勲も受けていく。執筆者としてのジロドゥは一九二二年、第一次世界大戦を題材にした『ジークフリートとリモージュ人（*Siegfried et le Limousin*）』を書く。この作品を脚本化するにあたって演劇人ジャック・コポーに相談したことが転機になっていく。ジロドゥはコポーを介して、俳優兼演出家のルイ・ジュヴェと出会うからである。

ジュヴェは一八八七年にフィニステール県で生まれ、薬剤師の資格を得たのち俳優に転じた経歴をもっている。個性の強い喜劇的な役柄を本領とした性格俳優で、演出もおこなうようになっていた。ジロドゥが戯曲化した『ジークフリート（*Siegfried*）』を一九二八年に初演して思いがけない成功をおさめたことをきっかけに、『ソドムとゴモラ（*Sodome et Gomorrhe*）』『ルクレティアのために（*Pour Lucrèce*）』という晩年の二作をのぞいて、ジロドゥの戯曲の初演すべてを手がけることになる。

二十年あまりにわたって散文の世界にあったのち、四十五歳で最初の戯曲を発表した劇作家ジロドゥの誕生と、その後の名声の高まりは、ジュヴェの存在と切り離すことはできない。ジロドゥはジュヴェと深い信頼関係を築き、演出をゆだねると同時に、多くの役柄をかれにあてて書いた。

散文類の執筆もおこないながら、ジロドゥの戯曲の上演は、一年から二年の間をおいてコンスタントにつづけられていく。一九二九年のコメディー『アンフィトリオン38（*Amphitryon 38*）』、一九三一年の『ユーディット（*Judith*）』、一九三三年の『間奏曲（*Intermezzo*）』、一九三四年の『テッサ（*Tessa*）』、一九三五年の『トロイ戦争は起こらない（*La guerre de Troie n'aura pas lieu*）』『クック船長航海異聞（*Supplément au voyage de Cook*）』、一九三七年の『エレクトラ（*Électre*）』『パリ即興劇（*L'Impromptu de Paris*）』、一九三八年の『カンティック・デ・カンティック（*Cantique des cantiques*）』。これらの作品の大半が、好評、あるいは圧倒的な評価をもって迎えられつづけたことはほとんど驚異にも思えるが、その状況のうちに一九三九年五月四日、『オンディーヌ（*Ondine*）』が初演される。

このとき、ジュヴェ自身が騎士ハンスを演じ、マドレーヌ・オズレーがオンディーヌを演じた。オズレーは『テッサ』などをふくめ多くのジロドゥ作品を主演した俳優で、容姿や性格のうえでもオンディーヌの造形に大きな影響をあたえたとされる女優である。

『オンディーヌ』の上演は圧倒的な好評をおさめ、公演も続行されたが、ほどなく戦争のために打ち切られることになる。

当時のジロドゥはフランスを代表する書き手の一人として、不穏な時局の文明批評を世に問うかたわら、文学論も執筆する多彩な時期にあった。しかし同時に、この一九三九年は決定的な転換の年となる。

七月二十九日、ジロドゥはフランス政府情報局長官職への任命をうける。この時期にこの重職に配されたことは、皮肉にもかれが「ドイツ通」であり、国民に語る力をもった高名な作家であったことと無縁ではない。ドイツを愛したジロドゥは、複雑な思いでこのポストについた。

九月、第二次世界大戦が勃発する。極度に精神的重圧の増したこの時期、ジロドゥは新しくイザベル・モンテルーと愛人関係を結んでいる。

そして長官職はジロドゥにとって、けっして順調なものではなかった。ドイツ語とドイツの情勢につうじてはいても、根本的には文人外交官であったジロドゥにとって、戦局以前に、生き馬の目を抜くような局内の「政治的軋轢《あつれき》」は苛酷すぎたといえる。ジロドゥは国民の戦意高揚を意図したスピーチなどにかり出されるものの、局内で好ましい成果を上げるにはいたらず、翌一九四〇年三月にはダラディエ内閣の辞職にともなって辞任に至った。

こののちルイ・ジュヴェは占領下のフランスを避けて国外へ巡業に旅だつ。マドレーヌ・オズレーも同行していた。ジロドゥはこの困難な時期に、創作活動上においても、もっとも親しい友人たちを身近からうしなってしまったことになる。一九四一年にジュヴェはさらに南米に移り、フランスに帰国したのは一九四五年二月になってからであった。

この状況でも、ジロドゥは書きつづけた。遠いジュヴェにあてて手紙のやりとりをおこないながら、『マルサックのアポロ（*L'Apollon de Marsac*）』、のちのタイトルで『ベラックのアポロ（*L'Apollon de Bellac*）』を書き上げて南米に送り、ジュヴェはこれを一九四二年にリオ・デ・ジャネイロで初演している。

ジロドゥはつづいて『ソドムとゴモラ』を書く。不和の夫婦たちと世界の崩壊をえがく、きわめて暗い作品であった。これは一九四三年秋にテアトル・デザールで初演されるが、直前に、キュセにいたジロドゥの母の容態が悪化したため、ジロドゥ自身は急遽キュセに赴いた。このため仕上げの総稽古は作者不在でおこなわれることになった。また、ジュヴェの生存中にジュヴェ自身が演出を手がけなかった唯一のジロドゥ作品でもある。

同年十一月四日、ジロドゥの母が亡くなる。翌一九四四年、ジロドゥは一月二十五日の夜にとつぜん気分が悪くなり、オルセー街のアパルトマンの自宅に運ばれる。正確な原因は不明で、なんらかの毒物のうたがいを否定することは難しいと当時の医師は所見に記している。のちの研究では、インフルエンザにかかり、回復できなかったという指摘もある。一月三十一日の朝九時三十分、ジロドゥは息をひきとった。満六十一歳だった。フランスの社会はこの国民的作家の急逝に大きな衝撃をうけたと伝えられる。葬儀には多くの群衆が訪れ、ほとんど雑踏のありさまを呈した。

遺作としてのこされた『シャイヨの狂女（*La Folle de Chaillot*）』は、戦争が終結してパリに戻ったジュヴェの手で初演された。一九四五年十二月二十一日であった。

ジロドゥの戯曲にはこのほか、未完の『グラックス兄弟（*Les Gracques*）』などがあるが、上演された作品としては、『シャイヨの狂女』からさらに八年をへて初演にいたった『ルクレティアのために』が最後のものになる。一九五三年、ジュヴェと縁の深かったルノー＝バロー劇団によって演じられ、ジャン・ルイ・バローが演出を手がけた。

ルイ・ジュヴェが演出をおこなわなかったのは、かれの意志ではない。ジュヴェ自身が、一九五一年八月十六日に亡くなったからである。それにさきだつ七月一日、『オンディーヌ』からハンスの死の場面を抜粋して演じた姿が、公の場に立った最後になった。

（1）Jean Giraudoux : *Œuvres romanesques complètes I*, Bibliothèque de la Pléiade, Éditions Gallimard, 1990.

（2）Theophrastus von Hohenheim, called Paracelsus : *Liber de nymphis, sylphis, pygmaeis et salamandris et de caeteris spiritibus, Philosophia magna, de divinis operibus et seretis naturae*, 1528-1532.（『大哲学』より「水の精、風の精、地の精、火の精、およびその他の精霊の書」）

（3）フォン・シュタウフェンベルクの伝説。一三一〇年頃の『ペーター・シュタウフェンベルク』を最古の版として、伝説そのものはさらに十三世紀に遡るとジャック・ルゴフは示唆している。『もうひとつの中世のために』加納修訳、白水社（二〇〇六）ほかを参照。

（4）『メリュジーヌ物語　母と開拓者としてのメリュジーヌ』クードレット／ジャック・ルゴフ／エマニュエル・ルロワ＝ラデュリ著、松村剛訳、青土社（一九九六）

（5）Georges Dumézil : *Romans de Scythie et d'alentour*, Payot, 1978. Georges Dumézil : *Légendes sur les Nartes, suivies de cinq notes mythologiques*, Bibliothèque de l'Institut français de Léningrad, tom. 11, Champion, 1930 ほか。

（6）Brüder Grimm : *Deutsche Sagen I*, 1816, "Die Schlangenjungfrau".

（7）『メリュジーヌ　蛇女＝両性具有の神話』ジャン・マルカル著、中村栄子／末永京子訳、大修館書店（一九九七）

（8）『イギリスの妖精　フォークロアと文学』キャサリン・ブリッグズ著、石井美樹子／山内玲子訳、筑摩書房（一九九一）

（9）『森と悪魔　中世・ルネサンスの闇の系譜学』伊藤進著、岩波書店（二〇〇二）

（10）Margaret Kennedy : *The Constant Nymph*, 1924. 邦訳『永遠の処女』マーガレット・ケネディ著、飯島淳秀訳、ダヴィッド社（一九五一）

（11）*The Constant Nymph*, Directed by Edmund Goulding, Performed by Charles Boyer and Joan Fontaine, 1943.

（12）『神々の構造』ジョルジュ・デュメジル著、松村一男訳、国文社（一九八七）、『デュメジル・コレクション4』ジョルジュ・デュメジル著、高橋秀雄／伊藤忠夫訳、筑摩書房（二〇〇一）ほか。

（13）『ドイツ』池内紀監修、新潮社（一九九二）

（14）Jacques Body : *Jean Giraudoux, La légende et le secret*, Presses Universitaires de France, 1986.

（15）Jacques Body : *Jean Giraudoux*, Editions Gallimard, 2004.

ジロドゥ年譜

一八五〇年
一一月二八日、フランスのコレーズ県シラクの農家に、ジャン・ジロドゥの父レジェ・ジロドゥ（Léger Giraudoux）が生まれる。愛称レオン。のちに土木局の監督官などを務める。

一八五二年
一一月二五日、オト・ヴィエンヌ県べラックの獣医師の家庭に、ジャン・ジロドゥの母アンヌ・ラコスト（Anne Lacoste）が生まれる。愛称アントワネット。

一八七九年
一〇月七日、レジェ・ジロドゥとアンヌ・ラコスト結婚。ベラックに居をかまえる。

一八八〇年
八月八日、ベラックで長男アレクサンドル・ジロドゥ（Alexandre Giraudoux）が生まれる。のちに医師となる。

一八八二年
一〇月二九日、ベラックで次男イポリット・ジャン・ジロドゥ（Hippolyte Jean Giraudoux）が生まれる。のちの作家ジャン・ジロドゥ。以後、二人兄弟として育つ。

一八八三年　一歳

父レオン、ベラックから三〇キロメートルほど離れたベシーヌに赴任。母アントワネットが病弱であったため、おさなかった末子のジャンは当時、母方の祖母に預けられた。そののちもジャンは学校の休暇のたびにベラックを訪れ、母方の祖母のもとですごす。この習慣は一八九七年に祖母が亡くなるまでつづいた。

一八九〇年　八歳

父レオン、リューマチのため配置転換をもとめ、ペルヴォワザンの収税官として赴任する。ジャンも現地の学校に通学し、学業、スポーツともに抜群の成績をおさめた。

一八九三年　一一歳

ジャン、奨学生としてシャトルーのリセ（中等教育機関）に入学する。この学校は現在、リセ・ジャン・ジロドゥと名づけられている。

一九〇〇年　一八歳

優秀な成績で大学入学資格を得る。またリセ・ラカナル・ドソーからエコル・ノルマル・シュペリユール（高等師範学校）受験奨学金を得る。

一九〇二年　二〇歳

フランス語作文と歴史の最優秀賞をふくめて、学業でさまざまな賞を得る。エコル・ノルマル・シュペリユールに合格するが、兵役につくため入学を延期。第九八歩兵隊に配属される。

一九〇三年　二一歳
除隊後、パリでエコル・ノルマル・シュペリユールに入学。

一九〇四年　二二歳
ソルボンヌ大学で文学の学士号を取得。短篇「エドモン・アブーの最後の夢（*Le Dernier Rêve d'Edmond About*）」を発表。公的な第一作。

一九〇五年　二三歳
ドイツ語を専攻する学生にあたえられる奨学金を獲得、ドイツに留学。翌年にかけてスイス、オーストリアなどヨーロッパ各地を旅する。

一九〇七年　二五歳
アグレガシオン（大学教授資格試験）に失敗。奨学金を得てアメリカに留学、ハーヴァード大学でフランス語講師として勤務しながら、再受験の準備にとりかかる。最終的には外交官に転ずることを決めた。

一九〇九年　二七歳
外務省の資格試験の成績で、キャリア官僚試験にあたるグラン・コンクールから漏れたため、以後ノンキャリアとして外交官の道を歩むことになる。同年『田舎の女たち（*Provinciales*）』を刊行。アンドレ・ジッドから好評を得る。

一九一四年　三二歳
第一次世界大戦の開戦にともない応召。ロアンヌなどに駐屯して戦闘に参加、二度にわたり負傷する。叙勲されたのち翌一五年に除隊した。以後、外務省に所属しながら散文を発表しつづける。

一九一八年　三六歳
随筆『アミカ・アメリカ（*Amica America*）』、小説『悲壮な男シモン（*Simon le Pathétique*）』を刊行。

一九二〇年　三八歳
二月二〇日、父レオン死去。この年、短篇集『魅惑的なクリオ（*Adorable Clio*）』を刊行。

一九二一年　三九歳
二月五日、シュザンヌ・ボラン（Suzanne Aglaée Marie Boland）と結婚。息子ジャン＝ピエール（Jean-Pierre Giraudoux）をもうける。この年、小説『シュザンヌと太平洋（*Suzanne et le Pacifique*）』を刊行。

一九二二年　四〇歳
小説『ジークフリートとリモージュ人（*Siegfried et le Limousin*）』を執筆。

一九二五年　四三歳
当時一六歳のアルゼンチン人の少女、アニタ・デ・マデロ（Anita de Madero）と初めて会う。のちに一一年にわたる愛人関係に発展。

一九二六年　四四歳
小説『ベラ（*Bella*）』を刊行。政治家ポワンカレをモデルにした風刺的な内容が物議をかもす。話題にはなり、この年のうちに欧州各地の言語に翻訳された。

一九二七年　四五歳
小説『エグランティーヌ（*Églantine*）』を刊行。この年、ルイ・ジュヴェ（Louis Jouvet）と会う。ジュヴェは一八八七年にフィニステール県クロゾンで生まれ、薬剤師の資格を得たあと演劇界に転じた俳優・演出家。こののちジロドゥの戯曲のほとんどの初演を手がける。

一九二八年　四六歳
五月三日、ジュヴェの演出により第一作目の戯曲『ジークフリート（*Siegfried*）』をコメディー・デ・シャンゼリゼ劇場で初演。大きな成功をおさめ、翌年にかけて計二四三回の上演をかさねた。

一九二九年　四七歳
一一月八日、コメディー・デ・シャンゼリゼ劇場で戯曲『アンフィトリオン38（*Amphitryon 38*）』を初演。

一九三〇年　四八歳
二月五日、コメディー・デ・シャンゼリゼ劇場で『アンフィトリオン38』の上演一〇〇回を祝う。同年、小説『ジェローム・バルディニの冒険（*Aventures de Jérôme Bardini*）』を刊行。

一九三一年　四九歳
一一月五日、ピガール劇場で戯曲『ユーディット（*Judith*）』を初演。ジロドゥが執筆し、ジュヴェが演出した劇としては「唯一の不評作」ともいわれる。アンドレ・ジッドも厳しい評価をよせた。

一九三二年　五〇歳
随筆『多感な祖国（*La France sentimentale*）』を刊行。年末、戯曲『間奏曲（*Intermezzo*）』の初稽古をおこなう。

一九三三年　五一歳
三月一日、コメディー・デ・シャンゼリゼ劇場で『間奏曲』を初演。

一九三四年　五二歳
小説『天使との格闘（*Combat avec l'ange*）』を刊行。一一月一四日、アテネ劇場で戯曲『テッサ（*Tessa*）』を初演。

一九三五年　五三歳
一一月二二日、アテネ劇場で戯曲『トロイ戦争は起こらない（*La guerre de Troie n'aura pas lieu*）』『クック船長航海異聞（*Supplément au voyage de Cook*）』を同時初演。

一九三六年　五四歳
三月から七月にかけて、北米、英国など各地に長期旅行をおこなう。戯曲『グラックス兄弟（*Les Gracques*）』を執筆するが、未完に終わる。

一九三七年　五五歳
五月一三日、アテネ劇場で戯曲『エレクトラ（*Électre*）』を初演。一二月四日、アテネ劇場で戯曲『パリ即興劇（*L'Impromptu de Paris*）』を初演。

一九三八年　五六歳
一〇月一三日午後、アテネ劇場で戯曲『オンディーヌ（*Ondine*）』の初稽古をおこなう。同日夜、コメディー・フランセーズ劇場で戯曲『カンティック・デ・カンティック（雅歌）（*Cantique des*

cantiques)』を初演。

一九三九年　五七歳

小説『えらばれた女たちの選択（*Choix des élues*）』を刊行。五月四日、アテネ劇場で戯曲『オンディーヌ』を初演。七月一七日、随筆『全権力（*Pleins pouvoirs*）』を刊行。七月二九日、休養のため滞在していたヴィッテルから呼び戻され、フランス政府情報局長官職への任命を受ける。九月一日、第二次世界大戦勃発。同三日、フランスは対独宣戦を布告。このころイザベル・モンテルー（Isabelle Montérou）と愛人関係を結ぶ。こののちルイ・ジュヴェは戦時下のパリとドイツ占領軍の統制をさけ、劇団員をともなって各地に巡業に出る。一九四一年には南米に移動、一九四五年二月にフランスに帰国。この間、ジロドゥはジュヴェと連絡をとりあいながら、その帰国を待ちわびた。

一九四〇年　五八歳

三月二〇日、ダラディエ内閣の辞職にともなって情報局長官を辞任。閑職に異動となる。

一九四一年　五九歳

文学評論集『文芸（*Littérature*）』を刊行。

一九四二年　六〇歳

二月末、ジュヴェに電話をし、戯曲の原稿を送ったことを伝える。六月一六日、ジュヴェはこれをリオ・デ・ジャネイロで初演。初演時の題名は『マルサックのアポロ（*L'Apollon de Marsac*）』、のちにジロドゥの故郷ベラックにちなんで『ベラックのアポロ（*L'Apollon de Bellac*）』と改題された。

一九四三年　六一歳

一〇月一一日、テアトル・デザールで戯曲『ソドムとゴモラ（*Sodome et Gomorrhe*）』の総稽古がおこなわれるが、ジロドゥは母アントワネットの体調が悪化して急遽パリを離れたため立ち会えなかった。一〇月一七日、パリに戻り上演を観る。一一月四日、母死去。

一九四四年

一月二五日、体調に異変。はげしい苦痛ののち、三一日の朝九時半に死去。享年六一。二月三日、サンピエール・デュ・グロカイユ教会でおこなわれた葬儀には群衆が大挙して参列し、ほとんど雑踏の様相を呈した。

一九四五年

随筆『無権力（*Sans pouvoirs*）』が刊行される。一二月一一日、アテネ劇場で戯曲『シャイヨの狂女（*La Folle de Chaillot*）』が初演される。

一九五一年

八月一六日、ルイ・ジュヴェ死去。

一九五三年

一一月六日、ルノー＝バロー劇団により、マリニ劇場で戯曲『ルクレティアのために（*Pour Lucrèce*）』が初演される。

訳者あとがき

ジロドゥの『オンディーヌ』を思うとき、わたし自身がぱっと連想するのはメンデルスゾーンのヴァイオリン・コンチェルトである。どちらかといえば甘い感じの旋律や、あまりにも有名な作品であるという「印象」がさきにたつ曲かもしれない。ところがスコアを読むと、高度な技術を駆使した、おそろしく理性的な作品であることに気づく。ソロパートの斬新なあつかい、独創的な構造、するりと最短でいきつく転調、オーケストラの最大出力をあっさり引きだす管弦楽法。独奏者が自由に自分の間合いで語るよう差しだされた「おまかせ」の部分と、全体をきっちり進行させる部分とが、むだなく書きわけられている。

そして——そしてなにより、あまりにもなめらかなので、おもてからはその凄さがみえない。ただささらさらと、音楽だけがあふれていく。

最良のジロドゥ作品には、これと深く共通するものがある。

『オンディーヌ』の文章は、動きつづけるプリズムのような、きらきらした敏感さにあふれている。どの幕の、どの人物も、きわだった個性をそなえて自分自身を語りだす。

第一幕を読み始めたとき、ハンスとのやりとりのなかで、オンディーヌのことばづかいが終始おおきく揺れつづけているのが印象的だった。敬語のなかに、とつぜん遠慮のない友だちことばが入りまじり、ときにはその近しさを、皮肉な敬語がぐっと押しもどす。逆にすっかりうちとけた気持ちになったとき、ごっこ遊びのような敬語で給仕のまねごとをしたりもする。

好き、きらい、でも好き。いきいきとした揺れがくり返されていくなかで、はじめて出会った二人の距離が、不安定なまま急速に縮まっていく。その緊迫感があった。よせては返し、またよせるうちに、もう待ちきれない満潮が押しよせる。そこがちょうど幕切れ――と読んできて、はっと気づいた。

これは波だ。

「波の娘」オンディーヌそのもののような、ダイナミックな満ち干がある。このタッチが偶然のはずはない。たいへんな書き手だと思った。

どう訳せば、これを伝えられるだろう？

悩みながら試行錯誤するうち、いちばん単純なこたえがみつかった。

そのまま。

そのまま訳せば、それで伝わる。

なにを悩んでいたのだか、あとは不思議な確信がうまれた。

さいわい日本語は、この揺れをとらえるのに何ひとつ困らないくらい、心の距離をあらわす語法がゆたかに発達している。ふざけたような口調で、でもどこまでも真剣な、陽ざしにきらめく水のように軽やかな少女のことばは、日本語でもそのままに、敬語と友だちことばの入りまじるものになった。こどもではない、恋はする。でもおとなでもない「十五歳」のことばは、らくらくと時代をこえる力を最初からもっていた。

ジャン・ジロドゥが日本に紹介された時期は早い。パリで上演を目にした人びとが、いちはやく同時代の熱狂を伝え、日本で上演もなされ、論文も書かれた。

いっぽうフランスなどでは、かつての評価があまりに華やかであったゆえに、戦後まもなくからのち、むしろ過去の時代の作家とみなされた時期がある。その静かな冷却期間をへて、ふたたびジロドゥについての研究が発表され、くわしい伝記が刊行されていくのは、だいたい一九九〇年代に近づいてからだったろう。

けれど人びとがいちど距離をおいたことは、むしろ幸福なことだったかもしれない。あらたな目でとりあげられたとき、以前にもまして深い魅力がみいだされた。その感銘をつうじて、ほんとうに残るべき一流の文学がそこにあったことを、社会が確信したからである。このときジロドゥは、真の意味での古典になった。

このすばらしい作品を、新しいかたちでおとどけできることを心からうれしく思う。日本人のことばづかいは、ながい時間をへておおきく変わった。自然さ、というものは井戸の水のように、つねに汲みあげられなおすことで供されるものだろう。その機会をくださった光文社の駒井稔編集長にあつく御礼もうしあげる。またご自身の演劇経験を背景に訳稿に目をとおし、はげましてくださった編集者の今野哲男さん、こまやかに心をこめて編集の実務をお進めくださった伊藤亜紀子さん、中町俊伸さん、たいへんありがとうございました。

さらにわたし自身のジロドゥとの出会いは、十代のころに図書館の書棚で手にとった、日本のジロドゥ研究や先行訳をつうじてなされたものである。それらの労作を手がけてくださった多くのかたに、あらためて深い感謝をお伝えしたい。

この作品の幕切れで、どうにも泣いてしまう、というかたは多いときく。わたしが何度読んでも胸をつかれる思いがしたのは、騎士の結婚式の朝、教会の入り口に、オンディーヌがウニとヒトデのお祝いの花束をそっと置いていったという箇所だった。どんな花束だったのだろう。きっとちいさな、かわいらしいブーケだったろう。自分でたいせつに作ったのにちがいない。そのあまりにもすなおな、けものの愛を思うと、心の底から混乱する。

そんなことができる人間の女はいない。

光文社古典新訳文庫

オンディーヌ

著者　ジロドゥ
訳者　二木麻里《ふたきまり》

2008年3月20日　初版第1刷発行
2022年12月30日　第5刷発行

発行者　三宅貴久
印刷　大日本印刷
製本　大日本印刷

発行所　株式会社光文社
〒112-8011東京都文京区音羽1-16-6
電話　03（5395）8162（編集部）
03（5395）8116（書籍販売部）
03（5395）8125（業務部）
www.kobunsha.com

ISBN978-4-334-75152-4 Printed in Japan

組版　新藤慶昌堂

いま、息をしている言葉で、もういちど古典を

長い年月をかけて世界中で読み継がれてきたのが古典です。奥の深い味わいある作品ばかりがそろっており、この「古典の森」に分け入ることは人生のもっとも大きな喜びであることに異論のある人はいないはずです。しかしながら、こんなに豊饒で魅力に満ちた古典を、なぜわたしたちはこれほどまで疎んじてきたのでしょうか。

ひとつには古臭い教養主義からの逃走だったのかもしれません。真面目に文学や思想を論じることは、ある種の権威化であるという思いから、その呪縛から逃れるために、教養そのものを否定しすぎてしまったのではないでしょうか。

いま、時代は大きな転換期を迎えています。まれに見るスピードで歴史が動いていくのを多くの人々が実感していると思います。

こんな時わたしたちを支え、導いてくれるものが古典なのです。「いま、息をしている言葉で」——光文社の古典新訳文庫は、さまよえる現代人の心の奥底まで届くような言葉で、古典を現代に蘇らせることを意図して創刊されました。気取らず、自由に、心の赴くままに、気軽に手に取って楽しめる古典作品を、新訳という光のもとに読者に届けていくこと。それがこの文庫の使命だとわたしたちは考えています。

このシリーズについてのご意見、ご感想、ご要望をハガキ、手紙、メール等で翻訳編集部までお寄せください。今後の企画の参考にさせていただきます。
メール　info@kotensinyaku.jp

光文社古典新訳文庫　好評既刊